KB143678

판보이쩌우 자서전·자료편

# 판보이쩌우 자서전 · 자료편

초판 1쇄 인쇄 2016년 8월 24일
초판 1쇄 발행 2016년 8월 31일

**편 역** 성균관대학교 동아시아근대한문학연구반
**편집인** 마인섭(동아시아학술원)
성균관대학교 동아시아학술원 02)760-0781~4
**펴낸이** 정규상
**펴낸곳** 성균관대학교 출판부 02)760-1252~4
**등 록** 1975년 5월 21일 제1975-9호
**주 소** 03063 서울특별시 종로구 성균관로 25-2


ISBN 979-11-5550-186-3 93810
978-89-7986-833-3 (세트)

* 본 출판물은 2007년 정부(교육과학기술부)의 재원으로 한국연구재단
(구 학술진흥재단)의 지원을 받아 수행된 연구임(NRF-2007-361-AL0014).

동아시아 자료총서 | 17

潘 佩 珠 年 表

성균관대학교 동아시아근대한문학연구반 편역

동아시아자료총서 17

성균관대학교 출판부

| 간행사 |

성균관대학교 동아시아학술원은 한국을 대표하는 동아시아학 교육·연구기관입니다. 동아시아학술원은 동아시아학의 정립과 발전에 많은 공헌을 해왔으며, 세계 각 대학의 유수한 기관과 학술 교류로 동아시아학의 소통을 통하여 세계 수준의 기관으로 발돋움하고 있습니다.

이를 위해 동아시아학술원은 한자문화권을 공유한 한국·중국·일본의 역사경험과 문화체험의 같고 다름과 그것의 의미를 서구학계와 다른 방법으로 연구하여 그 가치를 모색해 왔습니다. 지난 16여 년의 과정을 거치면서 적지 않은 학술적 성과를 내어 동아시아는 물론 세계 학계와 소통하였지만, 예전 한자문화권이었던 베트남 관련 연구와 베트남 학계와의 소통은 미진하였던 것이 사실입니다. 이는 자국중심주의를 넘어 서양의 학술체계의 극복을 표방해온 동아시아학술원의 연구 방향과도 어긋난다는 점에서 깊이 반성해야 할 점이 아닐 수 없습니다.

그래서 이번에 동아시아학술원에서는 이를 보완하기 위해 조그만 기획과 함께 그 결과물을 내놓게 되었습니다. 『판보이쩌우 자서전·자료편』(성균관대학교 출판부)의 출간이 그것입니다. 비록 만시지탄(晩時之歎)이 있습니다만, 이 자료집의 간행을 계기로 베트남에 대한 관심이 커지고, 베트남 학계와 활발하게 소통할 수 있기를 기대합니다.

『판보이쩌우 자서전·자료편』은 베트남의 항불(抗佛) 독립운동을 이끌었던 판보이쩌우의 자서전입니다. 판보이쩌우는 우리나라의 백범(白帆) 김구(金九) 선생과 같은 위상을 가진 인물이며, 그의 자서전은 『백범일지』와 성격이 유사합니다. 더욱이 두 인물의 삶의 행보와 사상적 지향 역시 유사합니다. 모두 해외에서 풍찬노숙을 하며 독립운동에 온 생애를 바쳤으며, 좌우 이념대립을 넘어서 민족해방의 뜻을 견지하였습니다. 또한 이들은 각자의 조국에서 독립운동의 상징적 인물로 깊은 존경을 받았으며, 이들의 사유는 아시아의 평화는 물론 세계 평화의 이상을 추구한 진정한 휴머니스트라는 점도 동일합니다.

이제 우리는 『판보이쩌우 자서전·자료편』의 출간을 통해 자국사와의 단순 비교를 넘어 동아시아를 시야에 넣고 새롭게 사유해볼 수 있는 학적 자산을 획득하게 되었습니다.

끝으로 이 자료집이 한국에서 출간될 수 있었던 것은 전적으로 베트남 한놈연구원 측의 적극적인 후원이 있었기에 가능했습니다. 특히 흔쾌히 자료 제공을 허락한 응우엔뚜언끄엉 원장님께 깊은 감사의 말씀을 전합니다. 이를 계기로 앞으로 두 기관이 더욱 긴밀히 협력해 나갈 수 있기를 희망합니다.

2016년 9월

성균관대학교 동아시아학술원

원장 진재교

판보이쩌우(Phan Bội Châu, 潘佩珠, 1867-1940)는 베트남의 유명한 혁명가로 베트남의 프랑스 식민시기(1884-1945)에 활동하였습니다. 대략 1900~1940년 기간에 판보이쩌우는 세계 여러 나라를 동분서주하며 프랑스 식민통치에 항거하였습니다. 예를 들어 일본으로부터 원조를 구하기 위해 노력하며, 민족의 독립을 이루고자 혁명 활동을 했던 것은 가장 잘 알려진 일 가운데 하나입니다. 판보이쩌우의 일생과 업적은 베트남 학자뿐 아니라 프랑스, 일본, 미국, 러시아, 중국, 대만 등 여러 나라 학자들의 관심을 끌고 연구되었습니다.

판보이쩌우의 일대기를 이해하기 위해서 가장 중요한 자료는 판보이쩌우 자신이 직접 쓴 연표(潘佩珠年表)입니다. 한문으로 쓰인 이 책은 1929년에 완성되었고, 판보이쩌우의 어린 시절부터 1925년에 체포되어 후에에 구금될 때까지 활동을 얘기하고 있습니다. 현재 이 작품의 한문본 약 20종이 남아 있는데, 그 중에서도 한놈연구원에 남아 있는 것이 가장 귀중한 것으로 작가의 친필 원본(기호 VHv.2138)입니다. 이 작품은 여러 언어로 번역이 되었습니다. 베트남어로 번역된 것은 총 3종인데, 이것은 적어도 10쇄 이상 간행되었습니다.

그 중 1946년 최초로 인쇄된 번역본은 작품의 앞부분 삼분의 일만 번역되었습니다. 판보이쩌우 사후에 간행된 1956년 번역본은 전문을 번역한 것이며 판보이쩌우 자신의 번역을 활용했다는 점에서 매우 가치가 있습니다. 그리고 '번역'임에도 여러 부분에 한문 원문이 보충되어 있습니다. 해외에서는 Georges Boudarel(Paris, 1969)의 프랑스어 번역판, Vĩnh Sính(Hawai'i, 1999)의 영어 번역판, Utsumi Sawako(1972)의 일본어 번역판, 이외에도 러시아어와 체코어 번역판이 있습니다.

이번에 한국에서 자료집과 번역본이 간행된다는 소식을 기쁘게 들었습니다. 20세기 초 베트남의 중요한 문화역사적 인물인 판보이쩌우의 일생이 한국에 소개되는 것을 통해 우리나라가 겪어야 했던 식민시기에 대해 알리는 계기가 되길 바랍니다. 한국 역시 일본 식민시기를 겪었기 때문에 양국은 우호 협력을 긴밀히 하고 양측의 견고한 발전을 위한 문화역사적 동질성을 쉽게 나눌 수 있을 것입니다.

저에게 독자 여러분께 축사를 쓸 수 있는 영예를 주신 성균관대학교 동아시아학술원 측에 진심으로 사의를 표합니다.

2016년 9월 5일 개강일

한놈연구원(하노이, 베트남)

원장 응우옌뚜언끄엉 박사(Dr. Nguyễn Tuấn Cường)

## 차례



※『潘佩珠年表』(漢南研究所 소장본)는 뒤에서부터 시작됩니다.

# 판보이쩌우 자서전
# (『潘佩珠年表』)
# 해제

김용태(성균관대 한문학과)

# 판보이쩌우 자서전(『潘佩珠年表』) 해제

김용태(성균관대 한문학과)

## 1. 머리말: '자료집'이 나오기까지

성균관대학교 동아시아학술원에서 펴내는 이 자료집은 베트남의 독립지사 사오남(巢南) 판보이쩌우(潘佩珠, 1866~1940)의 자전(自傳)이라 할 수 있는 한문 저술 "潘佩珠年表"(베트남 漢喃研究院 소장 필사본)를 영인(影印)한 것이다. 아직까지 판보이쩌우는 한국의 학계나 독서인들에게 잘 알려져 있지 않지만, 그가 저술한 『월남망국사(越南亡國史)』는 일반 역사 교과서에도 소개되어 있고 일반인들에게도 널리 알려져 있는 편이다. 1905년도에 중국과 일본에서 동시에 출간된 『월남망국사』는 동아시아 한문 지식인들이 서구 제국주의의 침략 행위를 명확히 인지하고 결연히 저항에 나서도록 각성시키는 데 지대한 역할을 하였던 기념비적 저술이다. 『월남망국사』가 이런 큰 영향력을 발휘할 수 있었던 것은 아마도 판보이쩌우가 온몸으로 프랑스 제국주의에 저항하였던 뜨거운 투쟁의 경험이 짙게 투영되어 있기에 가능하였을 것이다. 그런데 한국에서는 일반적으로 『월남망국사』의 저자가 량치차오(梁啓超, 1873~1929)로 알려져 있어 매우 유감스러운데,[1] 이는 그동안 우리 사회가 베트남에 대해 얼마나 무관심했던가를 보여주는 단적인 사례가 아닐까 한다.[2]

생각해 보면 역사 속에서 한국과 베트남은 유사한 특징을 많이 찾을 수 있고 특히 동병상련의 마음으로 상대를 바라보게 되는 상흔을 공유하고 있다. 가까이로는 남과 북으로 대립하여 동족상잔의 비극적 전면전을 치렀다는 점, 제국주의 침략에 의해 식민지로 전락했던 점 등 근대사의 아픈 역사를 함께 지니고 있으며, 청(淸) 왕조와 일전을 벌였던 일이나 한문과 유교 문화를 적극 수용하여 스스로 중화세계의 적자(適子)임을 자처했던 점, 당(唐) 왕조와 군사적 충동을 겪었던 점 등 동아시아 조공책봉체제에서 중요한 행위자로서 공유하는 역사의 기억도 많다. 또 최근에는 비약적으로 경제가 발전하고 있다는 점, 각각 한글과 꾸옥응으(quốc ngữ)라는 표기체계를 독자적으로 사용함으로써 한자문화권으로부터 차차 멀어지고 있다는 점도 아주 인상적인 유사점이 아닐 수 없다.

그러므로 베트남의 역사는 한국의 역사를 객관적으로 조망하게 해주는 거울이라 할 수 있을 것이다. 그럼에도 불구하고 우리가 베트남

---

1 『월남망국사』는 판보이쩌우와 량치차오의 공동 저술이라고 할 수 있다. 실제 원고는 판보이쩌우가 쓰고 량치차오는 그것을 다듬어 출판하는 역할을 맡았다. 이러한 내용은 『潘佩珠年表』에 자세히 나와 있다. 『월남망국사』의 번역본으로는 안명철·송엽휘 역, 『역주 월남망국사』(태학사, 2007)를 참고할 수 있다.

2 한국 동양사학계에서 판보이쩌우에 대해 연구를 하지 않은 것은 아니다. 유인선(2004), 「판 보이 쩌우(Phan Bôi Châu, 1867~1940): 방황하는 베트남 초기민족주의자」, 『역사교육』 90; 윤대영(2007), 「20세기 初 베트남 지식인들의 동아시아 인식 - 연대의식(連帶意識)과 자민족중심주의(自民族中心主義) 분석(分析)을 중심(中心)으로-」, 『동아연구』 53; 윤대영(2011), 「19세기 후반~20세기 초 베트남의 '新書' 수용: 초기 개혁운동의 기원과 관련하여」, 『동양사학연구』 117 등의 연구 성과가 있어 본서를 간행함에 큰 도움을 얻을 수 있었다.

에 대해 이토록 무관심했던 것은 어떻게 설명할 수 있을까. 우리의 눈과 귀는 늘 강대국만을 향해 있고, 그 강대국의 시각을 내면화하여 스스로의 정체성으로 삼았기에 우리의 눈으로 자신과 주변을 바라볼 주체적 역량이 결여되어 있던 것은 아닐까. 그런 점에서 보았을 때, 이 자료집의 간행이 갖는 의미는 결코 작지 않을 듯싶다.

그런데 판보이쩌우는커녕 베트남에 대해서도 이해가 깊지 못한 한국 사회의 현실에 비추어 볼 때, 이 난삽한 한문 자료를 공간하는 것이 아직 시기상조가 아닐까 하는 의문이 제기될 법도 하다. 이 자료를 활용할 연구의 저변이 과연 형성되었는가 하는 의문이 들 수도 있기 때문이다. 이에 대한 답변을 위해서는 본 자료집을 기획한 주체가 성균관대학교 동아시아학술원 산하의 연구 집단 〈동아시아 근대 한문학 연구반〉(이하 〈연구반〉으로 약칭)이라는 점부터 밝힐 필요가 있겠다. 〈연구반〉은 기존의 통념과 달리 동아시아에서 한문 글쓰기(즉 同文의 네트워크)는 근대 이후에도 왕성하게 작동하였으며, 그것이 동아시아 근대의 형성에 적지 않은 영향을 끼쳤던 점에 주목하고 그러한 양상을 구체적으로 연구하는 연구 집단이다. 따라서 베트남, 일본, 중국, 태국, 조선 등지를 종횡무진 누비며 한문 필담을 활용해 동아시아 각지의 인사들과 연대(소통)하고, 또 한문 글쓰기를 통해 계몽활동을 수행하였던 판보이쩌우는 〈연구반〉의 입장에서는 그야말로 보물창고 같은 존재였다.

특히 판보이쩌우 연구의 출발점이 되는 "潘佩珠年表"는 한문학 연구자의 입장에서는 매우 흥미로운 자료가 아닐 수 없었다. 근대 초기 한문 글쓰기의 특징도 여실히 보여주고 있거니와 필담과 한시 등을 통해 상호 소통하는 생생한 장면들은 근대 한문학이 작동하는 진면목을 보여주고 있었다. 그런 점에서 〈연구반〉은 일단 "潘佩珠年表"

를 원문 형태로 한국의 연구자들에게 제공할 필요가 있다고 판단하였다. 그리고 "潘佩珠年表"는 워낙에 소중한 사료(史料)를 풍부히 담고 있는 데다가 내용 또한 매우 흥미로우므로 일반 독자의 교양물로서도 전혀 손색이 없다고 판단하고 전역(全譯)에 착수하였다.

작업 초기에 활용한 번역 텍스트는 일본 후요서점(芙蓉書房)에서 1999년에 간행한 『潘佩珠傳』 후반부에 '自判'이라는 표제로 수록되어 있는 원문(이하 '자판본'이라 약칭)이었다. 그런데 이 '자판본' 원문은 『潘佩珠傳』의 저자와 편자들이 나름대로 교열을 가하고 활자로 옮겨 놓아 독자들의 편의를 고려하긴 했으나, 오자가 상당히 많이 발견되어 역자들을 적잖이 당혹케 하였다. 그런데 더 큰 문제는 판보이쩌우에 대해 연구한 중국과 일본의 여러 논문들이 바로 이 '자판본'을 활용하고 있다는 점이었다. 이로 인해 판보이쩌우의 전기적 사실과 사상을 규명함에 있어 여러 혼선이 빚어지고 있었다. 그래서 〈연구반〉은 일단 번역을 중지하고, 베트남 한놈연구원(漢喃硏究院)에 부탁하여 그곳에 소장되어 있는 필사본 『潘佩珠年表』를 제공받았다. 그리고 곧 원문 교감 작업에 착수하였다.

그런데 이 작업은 베트남은 물론이거니와 이미 관련 연구를 상당히 축적해온 일본과 중국에서도 관심을 기울일 수밖에 없는 문제이고, 또 『潘佩珠年表』는 판보이쩌우가 당시 프랑스 정부의 엄중한 감시를 당하는 상황에서 몰래 저술한 것이기 때문에 그 이본 관계가 매우 복잡했다. 이러한 이유로 일단 우리가 확보한 필사본을 먼저 학계에 보급할 필요가 있다고 판단해 교감번역본에 앞서 이 자료집이 세상에 나오게 된 것이다.

생각해 보면, 우리 학계에서 판보이쩌우에 대해 새롭게 인식을 하게 된 원인은 그가 한문 지식인이었기에 가능했다고 볼 수 있다. 아무리 그의 독립운동이 우리 역사와 깊은 관련성을 가지고 있다 하더라도, 만약 그가 한문으로 저술을 남기지 않았다면 그는 〈연구반〉의 시야에 포착되지 못했을 것이다. 새삼 동아시아 한문 네트워크의 깊이와 생명력을 실감하게 되는 사안이라 할 수 있을 듯하다.

## 2. 판보이쩌우의 생애

판보이쩌우는 생애의 마지막 15년간 프랑스 식민당국에 의해 가택연금을 당한 상태로 지냈기 때문에 아무런 외부 활동을 하지 못하였다. 다만 이 시기(1929년) 판보이쩌우는 자신의 삶을 돌아보며 자전적 기술을 남겨 그의 투쟁경력을 후대 사람들이 상세히 알 수 있도록 하였다. 그 저술이 바로 『潘佩珠年表』(이하 『연표』로 약칭)이다. 이 저술의 서문에서 판보이쩌우는 다음과 같이 자신의 삶을 회고하였다.

> 아, 나의 역사는 실패하기만 하고 한 번의 성공도 없는 역사이다. 이리저리 도망을 다닌 지 거의 삼십 년이고 연좌의 피해를 입혀 그 재앙이 온 나라에 미쳤으며, 당고(黨錮)의 옥사가 동포들에게 독을 끼쳤기에 매양 한밤중이면 가슴을 부여잡고 하늘을 우러러 눈물을 뿌렸다. 실의한 이십 여 년 세월 동안 사나이의 수염과 눈썹이 부끄럽게도 이름 없는 영웅의 출현을 고대함이 거의 기갈 들린 것 같았다.[3]

---

3 "嗟乎, 余之歷史. 百敗無一成之歷史耳. 流離奔播, 幾三十年, 連坐之累, 殃延郡國, 黨錮之獄, 毒流同胞. 每中夜撫心, 仰天揮淚. 蹉跎二十餘載, 慙負鬚眉, 翹望無名之英雄, 有如飢渴."

자신의 온 생애를 바쳐 조국의 독립을 위해 싸웠으나 가시적으로 이룬 성과는 뚜렷하지 않고, 오히려 자신과 함께 투쟁에 나섰다가 온갖 고초를 겪은 동지들을 떠올리며 자신의 가슴을 아프게 치는 노혁명가의 애달픈 감회가 절절히 드러나는 구절이 아닐 수 없다. 그리고 특이하게도 판보이쩌우는 『연표』의 서두에 '자판(自判)'이라는 표제를 달아 마치 자신의 인생에 대한 스스로의 판결문이라도 되는 듯한 글을 실어 놓았는데, 거기에서도 "나의 역사는 진실로 완전히 실패한 역사이다."라며 못을 박듯이 밝히고 있다. 그의 성품이 얼마나 개결(介潔)하고 겸허했는지 가늠케 하는 부분이다.

판보이쩌우는 『연표』에서 자신의 인생을 크게 세 부분으로 나누어 기술하는데, 그 기준을 다음과 같이 제시한다.

> 제1기 내가 미약하던 시절이다. 비록 족히 기술할 것이 없으나 일생이 시작된 내력이므로 감히 잊을 수가 없다.
>
> 제2기 내가 장년에 아직 해외로 나가기 전이다. 은밀히 비밀 모의를 하고 몰래 호걸들과 연락하던 모든 행동이 이 부분에 실려 있다.
>
> 제3기 내가 이미 해외로 나간 뒤의 역사이다.[4]

이 구분에 따라 제1기는 판보이쩌우가 태어난(음력)1866년부터 과거시험 준비와 '신서(新書)' 학습에 힘을 쓰던 1899년(33세)까지의 내

4 "第一紀. 爲余微辰, 雖無足述, 然一生所從來, 不敢忘也. 第二紀. 爲余壯年在未出洋以前, 所潛養密謀陰結豪傑, 種種行動, 悉載是間. 第三紀. 爲余旣出洋以後之歷史."

용이 기록되어 있고, 제2기는 향시에 합격한 1900년(34세)부터 해외로 나갈 것을 결심하게 되었던 1904년(38세)까지, 제3기는 실제 일본으로 '출국(出洋)'을 결행한 1905년(39세)부터 프랑스 관원에 체포되는 1925년(59세)까지의 사건들이 기록되어 있다.

햇수를 헤아리면 제1기는 33년, 제2기는 5년, 제3기는 20년의 세월에 해당된다. 제2기가 상대적으로 짧은데도 불구하고 이렇게 구분한 것은 그만큼 이 시기의 활동이 갖는 의미가 판보이쩌우에게 중요했기 때문일 것이다. 그런데 서술 분량을 비율로 나타내면 대략 1:6:15가 된다. 제3기의 분량이 압도적으로 많은 이유는 해외 체제 기간 동안 축적된 그의 경험의 질량을 가늠케 하는데, 한편으로는 판보이쩌우라는 한 개인의 삶을 통해 당시 20세기 초 동아시아의 정세가 얼마나 역동적이었는지도 알 수 있다.

제1기에서는 판보이쩌우가 어떤 과정을 거쳐 혁명가로 성장하였는지를 살펴볼 수 있다. 그는 1866년 베트남 중부 응에안(乂安) 지방의 '세업독서(世業讀書)'하는 즉 독서인의 집안에서 태어났다. 태어나서 6살까지는 전적으로 모친의 훈도를 입었는데, 모친 또한 독서하는 집안 출신이었기에 기본적인 한문 소양은 모친으로부터 배울 수 있었다. 7살부터는 서당에서 학동들을 가르치는 부친으로부터 『논어(論語)』를 배우는 등 본격적으로 경전 및 문장 공부에 착수하였다. 그는 어려서부터 문장을 짓는 데 특별한 재능을 드러내었지만, 프랑스의 침략이 점차 북쪽으로 올라오고 이에 저항하는 운동(반란) 소식이 속속 들려오자 그는 차분히 공부에 집중하지 못했다. 10세 때에 중부의 응에안에서도 호걸들이 기의(起義)했다는 소식을 들은 소년 판보이쩌우는 대나무로 총 모양을 만들어 프랑스군을 몰아내는 놀이를 하다가 어른들로부터 큰 야단을 맞은 일도 있었다. 또 1883년 17세 때에는 프랑스에 대항하는 의병(義兵)들과 호응하자는 내용의 격서(檄書)를 써서 길가에 내걸기도 했다. 이때 판보이쩌우는 심혈을 기울여 문장을 지었고 그래서 내심으로는 반향이 클 것으로 기대했는데 아무도 그 격서에 관심을 기울이지 않자 크게 상심하였다. 이를 계기로 자신의 경거망동을 반성하고 내공을 더욱 키우기 위해 문장 공부에 매진하게 되었다.

이후 그는 면학에 힘써 문장에 능통하다는 명성이 나날이 높아갔지만, 1885년 마침내 수도인 후에가 프랑스군에 점령당하고, 함응이(咸宜) 황제가 후에를 탈출하며 전 국민들에게 프랑스에 맞서 봉기할 것을 명령하는 조서를 내린다. 이에 근왕운동(勤王運動)이 거세게 일어나는 등 공부에 집중하기 어려운 상황이었다. 당시 판보이쩌우는 내면적으로 극심한 방황에 빠졌던 것으로 보인다. 1897년 31세 때는 과거시험장에서 부정행위를 했다는 이유로 견책을 당하는 일도 일어났는데, 이 사건 직후 그는 유랑에 들어간다. 이 기간에 판보이쩌우는 『중동전기(中東戰紀)』, 『보법전기(普法戰紀)』, 『영환지략(瀛寰志畧)』 등의 '신서(新書)'를 탐독하기도 했다.

제2기에 해당하는 기간 동안 판보이쩌우는 혁명가의 길로 투신을 하고, 베트남 전역을 돌며 동지를 규합하면서 투쟁 방향을 모색하다가 외국의 원조를 이끌어 내기 위해 국외로 나아가 활동하기로 결심하게 된다. 그런데 1900년 34세에 그가 전격적으로 독립운동의 길에 나서기로 결단할 수 있었던 것은, 바로 이 해에 그의 부친 판반포(潘文譜)가 세상을 떴기 때문이었다. 사실 판보이쩌우는 훨씬 일찍부터 투쟁에 나서고 싶어 했지만 부친을 봉양해야 한다는 책임감 때문에 주저하고 있었다. 그러다가 부친의 사망을 계기로 그는 홀가분한 마음으로 독립운동에 투신할 수 있었던 것이다. 그래서 이듬해인 1901

년에는 대담하게도 프랑스 공화국 기념일(7월 14일)에 맞추어 응에안을 무력 점거할 계획까지 세웠다. 비록 기밀이 누설되어 실패하고 말았지만 그의 적극성과 대담성이 어떠하였는지를 짐작케 하는 사건이라 할 수 있다.

그런데 제2기에 해당하는 기간 동안 판보이쩌우는 공식적으로 '학생(學生)' 즉 과거시험 준비생의 신분을 유지하였다. 그래서 1903년 37세에는 정식으로 국자감(國子監)에 입학하여 과거시험을 준비하고 또 시험에 응시하기도 하였는데, 이는 프랑스 당국의 감시를 피하기 위한 목적이었다. 그래서 국자감에서 공부를 하는 틈틈이 그는 전국을 돌며 독립운동을 하는 선배들을 찾아가 방문하고 또 동지들을 규합하는 활동을 벌이는 등 수많은 사람들을 만났다. 이때 만났던 동지들 가운데 그의 일생에 걸쳐 가장 중요한 세 사람을 꼽자면, 바로 호앙호아탐(黃花探, 1860~1913), 응우옌타인(阮諴, 1863~1911), 끄엉데(彊柢, 畿外侯, 1882~1951)를 들 수 있다.

호앙호아탐은 근왕운동을 전개함에 있어 무력으로 항쟁했던 대표인물이었다. 그는 근왕운동이 침체기에 들어선 이후에도 베트남 북부 옌테(Yên Thế)를 근거지로 하여 끈질기게 투쟁하였기에 프랑스도 그 지역에 대해서는 통치를 포기할 정도였다. 응우옌타인은 판보이쩌우와 가장 의기가 투합하였던 인물이다. 판보이쩌우가 해외로 나가 활동할 수 있도록 국내에서 모든 지원을 이끌어내는 역할을 맡았다. 끄엉데는 황제의 일족이었는데, 의기가 높고 프랑스에 대한 투쟁심이 높았던 인물이다. 프랑스를 몰아내기 위해서는 국민들의 마음을 하나로 모을 황족이 필요하다는 근왕운동 측의 요청을 받아들여 〈베트남유신회〉의 당수 자리를 수락하였다. 판보이쩌우는 이후에도 이 사람들과 지속적으로 긴밀한 관계를 유지하며 독립운동을 해나갈 수 있었다.

제3기는 가장 길고 얽힌 사건도 복잡하므로 다음과 같이 시기를 세분해 볼 수 있다.

① 1905년 1월부터 1909년 3월까지 일본으로 가서 활동하던 시기
② 1909년 4월부터 신해혁명이 일어나기 직전인 1911년 9월까지 광둥, 홍콩, 샴(태국) 등지를 오가며 투쟁의 활로를 찾기 위해 동분서주하나 끝내 실의에 빠지고 말았던 시기
③ 1911년 10월부터 1913년 11월까지 신해혁명의 성공에 고무되어 〈베트남광복회(越南光復會)〉, 〈진화흥아회(振華興亞會)〉 등을 조직하며 다시 투쟁의 전면에 나섰던 시기
④ 1913년 12월부터 1917년 3월까지 위안스카이(袁世凱)의 부하인 룽지광(龍濟光)에게 붙잡혀 구금되어 있던 시기
⑤ 1917년 4월부터 1925년 4월까지 투쟁의 새로운 활로를 찾아 동아시아 이곳저곳을 유력(遊歷)하던 시기
⑥ 1925년 5월부터 1940년 10월까지 프랑스 당국에 체포되어 가택연금을 당한 시기

①번 시기는 '동유운동(東遊運動)'의 시기라고 표현할 수 있다. 동유운동이란 베트남의 젊은이들을 동쪽 일본으로 유학 보내어 새로운 학문을 수학케 함으로써 인재를 양성하는 일종의 계몽운동이었다. 그런데 판보이쩌우가 처음부터 동유운동을 계획하고 일본으로 건너간 것은 아니었다. 원래는 일본으로부터 무력 지원을 요청하기 위한 목적이었다. 하지만 애초부터 이 계획은 실현되기 어려웠다고 할 수 있다. 이에 당시 일본에 머무르고 있던 량치차오는 판보이쩌우와 만

나 한문 필담을 통해 그 계획의 실현불가능성을 일깨워주고, 『월남망국사』와 같이 베트남의 어려운 상황을 세상에 널리 알릴 수 있는 저술에 힘쓰고, 또 인재를 양성하는 것이 훗날 더 이로울 것이라는 충고를 해주었다. 또 량치차오는 일본의 유력 정치가 오쿠마 시게노부(大隈重信)와 이누카이 쓰요시(犬養毅) 등을 판보이쩌우에게 소개해 주었다.

판보이쩌우는 량치차오의 권유를 받아들이고, 또 일본 정치인들의 도움을 받아 약 200명의 베트남 젊은이들을 일본 학교에 유학시키는 성과를 올릴 수 있었다. 또 끄엉데도 베트남을 탈출하여 일본으로 오도록 주선할 수 있었다. 그리고 이 시기에 판보이쩌우는 일본을 방문한 쑨원(孫文)을 만나 필담을 통해 아시아 해방에 대한 견해를 나누었으며 일본에 체류 중인 동아시아 각지의 지사(志士)들과 회합하여 〈동아동맹회(東亞同盟會)〉[5]를 결성하기도 하였다.

그러나 판보이쩌우의 동유운동을 감시해온 프랑스 정부가 일본 정부에 압력을 넣어 베트남 유학생들을 해산시키도록 종용하게 되고, 이에 굴복한 일본 정부는 결국 유학생들에게 해산 명령을 내렸다. 그리고 판보이쩌우와 끄엉데에게는 추방령이 내려지면서 동유운동은 종말을 고하게 되고 말았다.

판보이쩌우가 일본에서 추방되었을 무렵 호앙호아탐은 한창 무력투쟁에 몰두하고 있었는데 무기 등의 조달이 어려운 상황이었다. 판보이쩌우는 호앙호아탐을 돕고자 광둥, 홍콩, 태국 등지를 오가며 백방으로 무기를 반입할 방법을 도모하지만 끝내 실패하고 말았다. 이

5 이때 조선인으로는 조소앙(趙素昻)이 참여했다. 동아동맹회의 결성 주체와 시기에 대한 판보이쩌우의 회고에 오류가 있다는 일본학계의 지적이 있다. 본서 '연보' 참조.

에 판보이쩌우는 크게 실망하여 태국으로 가서 농사를 지으며 지내기로 결심을 하였다.

태국에서 지내던 판보이쩌우는 쑨원의 신해혁명이 성공했다는 소식을 듣고는 매우 기뻐하며 곧바로 그곳 생활을 청산하고 광동으로 왔다. 또한 옛 동지들도 속속 모여들어 다시 투쟁의 기운이 고조되었다. 이에 판보이쩌우는 〈진화흥아회(振華興亞會)〉를 조직하여 중국의 혁명을 도와 훗날 베트남의 독립을 도모할 기반을 조성하고, 베트남의 독립 역량을 모아나갈 조직을 만들었다. 그런 한편으로 안중근(安重根)을 모델로 하는 의열(義烈) 투쟁도 일어난다.

그런데 쑨원이 이룬 신해혁명의 성과는 얼마 안 있어 위안스카이(袁世凱)의 야심에 의해 빛이 바래져 가고 있었는데, 판보이쩌우가 활동하던 광둥에 위안스카이의 부하인 롱지광(龍濟光)이 진무사(鎮撫使)로 내려오면서 판보이쩌우에게도 불운이 닥치게 되었다. 롱지광은 프랑스 식민당국과 정치적 흥정을 하다가 끝내 판보이쩌우를 체포하고 말았던 것이다. 이로 인해 판보이쩌우는 3년 넘게 감옥에 수감되어 있어야 했다.

롱지광이 광둥에서 물러남에 따라 1917년 3월 판보이쩌우는 풀려날 수 있었다. 이해 8월부터 이듬해 1월까지 그는 중국 남부 내륙을 유력하였고, 1918년 2월에는 일본을 방문하여 동유운동 당시 큰 도움을 받았던 아사바 사키타로(淺羽佐喜太郎)의 묘비를 세우고 돌아왔다. 그리고 1920년 11월에는 공산주의에 흥미를 느껴 북경대의 차이위안페이(蔡元培)를 찾아가 러시아 공산당 인사들을 소개받기도 하였다. 그러나 이러한 활동들이 그의 투쟁과 직접적인 관련을 갖는 것은 아니었고, 그 스스로도 당시 자신의 삶에 대해 잡지에 글이나 팔아서 먹고 사는 신세라고 자조(自嘲)하고 있다.

그런데 1924년 베트남의 안중근이 되고자 맹세한 팜홍타이(范鴻泰)가 인도차이나 총독 마르샬 메를랭(Martial Merlin)을 폭탄 테러하는 사건이 일어나자, 이것이 계기가 되어 독립투쟁이 다시 활기를 띄기 시작했다. 판보이쩌우는 이 사건에 대해 여러 편의 글을 각 매체에 기고하면서 선전 활동을 벌였다. 그러나 이 사건으로 인해 프랑스 정부의 탄압은 더욱 노골적이 되어 1925년 5월 상하이에서 판보이쩌우를 체포해 베트남으로 압송하였고, 이후 판보이쩌우는 죽을 때까지 15년 동안 가택연금을 당해야 했다. 1940년 74세의 반포이쩌우는 끝내 베트남의 해방을 보지 못한 채 눈을 감았다.

## 3. 서지사항 검토

본 자료집에 실린 필사본 『연표』의 서지사항을 서술하기에 앞서 『연표』가 어떤 과정을 거쳐 집필되었고 또 어떻게 세상에 알려졌는지에 대해 간략히 설명할 필요가 있다.[6] 판보이쩌우가 가택연금 상태에서 『연표』를 저술하였음은 앞에서 언급했던 바와 같은데, 당시 프랑스 식민당국은 일체의 저술을 금지하는 조건으로 감옥이 아닌 가옥에서 지내도록 했다. 그리고 만약 『연표』가 식민당국의 손에 넘어간다면 독립운동 전반에 큰 타격이 가해질 것은 너무도 분명한 사실

6 본 절을 작성함에 있어 다음과 같은 자료를 활용하였다. 川本那衛(1971), 「藩佩珠の初期の著作について」, 『藝文研究』 30; 『Phan Boi Chau toan tap6』, Hue: Nha xuat ban Thuan hoa: Trung tam van hoa ngon ngu Dong Tay, 2001; 羅景文(2012), 「潘佩珠研究述評(1950-2010)及其漢文小說研究之意義」, 『國家圖書館館刊』. 그리고 본서에 수록된 『潘佩珠年表』의 앞부분에는 베트남 漢喃研究院에서 쯔놈으로 작성한 서지사항 기술이 있어 크게 참고가 되었다.

이었다. 그래서 판보이쩌우는 자신의 저술이 프랑스 측 첩자에 의해 탈취될 것을 매우 걱정하면서 극비리에 작업을 진행할 수밖에 없었다.

야간에 은밀하게 작업을 진행하였을 뿐만 아니라 저술에 쓸 종이도 당시 판보이쩌우에게 한문을 배우고 있던 학동들의 책을 찢어서 그것을 감추어 놓고 사용하였다. 그리고 수정을 할 때면 원고가 하도 어지러운 상태이기에 판보이쩌우 외에는 아무도 읽을 수 없었다고 한다. 그래서 판보이쩌우가 읽으면서 수정을 하면 동료가 받아 적는 방식으로 작업이 진행되었고, 이런 연유로 원본은 더욱 난삽한 상태가 될 수밖에 없었다. 『연표』는 이러한 조건 속에서 탄생하였기에 저자가 충실히 검토하고 정리한 선본(善本)은 기대하기 어려웠고, 그나마 프랑스 치하에서는 그 존재도 알릴 수 없었다.

『연표』의 존재가 세상에 널리 알려지게 된 것은 프랑스군이 완전히 물러간 이듬해인 1955년에 팜쫑디엠(范仲恬)과 똔꾸앙니엣(孫光閥)이 『연표』를 베트남어로 번역하여 『自批判』(河內 : 文史地硏究會)[7]이란 이름으로 출판하고, 1956년에 응오탄난(吳成人, 안민(英明)이라고도 불림)이 역시 베트남어로 번역하여 『自判』(順化 : 英明出版社)을 출판하면서부터였다. 이 번역본들이 제목을 '自判'이라 한 것은 번역의 대본으로 삼았던 텍스트에 제목이 없어진 상태이고, 서문에 이어 바로 등장하는 '自判'을 텍스트의 제목으로 삼았기 때문이다. 그런데 이 번역본들은 한문 원본을 수록해 놓고 있지 않았기 때문에 베트남을 넘어 국제적인 반향을 일으키지는 못했던 것으로 보인다.

---

7 이 번역본은 1957년에 같은 출판사에서 『潘佩珠年表』라고 제목을 바꾸어 다시 출판되었다.

『연표』의 한문 원본이 널리 보급될 수 있었던 것은 〈연구반〉이 처음 번역의 대본으로 삼았던 『潘佩珠傳』(일본: 芙蓉書房出版社, 1999)의 출판이 계기가 되었다. 이 책의 부록 형태로 실린 한문본 덕분에 판보이쩌우에 대한 국제적인 관심이 높아질 수 있었다. 이 책의 저자인 우쓰미 산파치로(內海三八朗, 1897~1986)는 일본의 외교관료 출신의 사업가로 전문학자라고 할 수는 없는 인물이다. 그렇지만 베트남에 대한 다대한 관심과 판보이쩌우에 대한 깊은 존경심이 이 책을 저술하는 원동력이 되었던 듯하다. 그는 '自判' 원문을 응오탄난(吳成人)으로부터 제공받았는데 이는 복사가 아니라 베껴 쓴 형태의 자료였다고 밝히고 있다. 앞서 언급했듯이 이 '自判'은 오류가 상당히 많이 발견되는데 그것이 『潘佩珠傳』을 제작하면서 생긴 것인지 응오탄난에게서 전해 받은 자료에 원래부터 있던 것인지는 아직 확인하지 못하였다.

이후 2001년도에 『Phan Bội Châu toàn tập』(베트남: 順化出版社) 즉 '潘佩珠全集'의 재판(再版)이 간행되면서 드디어 『연표』의 필사본(이하 '전집본'으로 약칭)이 영인본 형태로 제공되었다. 원래 『Phan Bội Châu toàn tập』은 1990년에 초판이 출간되었는데 이 초판에는 베트남어 번역본만 실려 있고 한문 원문이 실려 있지 않았다. 재판 『Phan Bội Châu toàn tập』에 실린 해제에 따르면 여기에 실린 한문 원본은 베트남 전쟁이 끝난 1975년 '후에'에서 발견되었으며 판보이쩌우가 친필로 교정을 가한 원고로 판단된다고 한다. 현재로서는 가장 '원본'에 가까운 필사본 가운데 하나라고 할 수 있다.

본 자료집에 실린 필사본은 베트남 한놈연구원에 소장된 필사본(VHv.2135)으로 7행 20~25자 370면이다. 그런데 이 필사본은 한놈연구원에 소장된 또 다른 필사본(VHv.2138)을 1961년에 초사(抄寫)한 것이므로 본서의 필사본은 'VHv.2138'(이하 '한놈본'으로 약칭)과 동일한 사본으로 간주할 수 있다.[8]

'한놈본'은 판보이쩌우의 아들 판응이후잉을 통해 세상에 나오게 되었다는 점에서 여타의 사본과 다른 신뢰성을 지니고 있다. 판응이후잉은 이것을 후잉툭강(黃叔沆, 1876~1947)을 통해 입수하였는데 후잉툭강은 판보이쩌우의 동지로서 판보이쩌우의 구술을 받아 적어 『연표』를 함께 완성하였던 바로 그 장본인이다. 그런 점에서도 '한놈본' 또한 상당히 신뢰성이 높다고 볼 수 있다.[9]

'전집본'과 '한놈본'을 비교해 보면 간혹 글자의 출입이 있기는 하지만 결정적인 차이는 보이지 않는다. 이런 점에서도 두 본은 '원본'에 가까운 사본으로 인정할 수 있을 듯하다. 그런데 '자판본'의 경우는 사정이 완전히 다르다. '한놈본'과 '자판본'이 어떠한 차이를 지니는지 몇 가지 예를 들면 다음과 같다.

**A**

**【한놈본】** 越明年正月下旬, 予離自南中, 此行雖無功, 然予出洋後得助於南圻者居多, 則亦此行之結果也. 甲辰年二月, 予自南中緣陸路, 經過富安 · 平定

**【자판본】** 越明年正月下旬, 余自南中, 予自南中緣陸路, 經過富安 · 平定

**B**

8 한놈연구원 측에서는 VHv.2138의 상태가 좋지 않아 제공할 수 없다고 하였다.

9 『Phan Bội Châu toàn tập』의 해제에 따르면 '전집본'과 '한놈본' 이외에 10개가 넘는 이본이 존재하는 것으로 되어 있다.

【한놈본】今潛跡河內, 而復讐之心益堅

【자판본】今潛跡河內, 報國愈堅

**C**

【한놈본】則知梁三岐在此間, 勢力頗不弱.

【자판본】則知梁三岐在此, 關頗不弱.

**D**

【한놈본】無遠大志

【자판본】無返大志

A의 경우는 '자판본'에 몇 구절이 통째로 생략된 경우이고, B는 '復讐之心'이라는 강렬한 표현이 다소 밋밋하게 '報國'이라고 되어 있는 경우이다. C의 경우는 활자로 옮기면서 실수를 저지른 경우로 판단되는데, '間'을 '關'으로 잘못 읽고 '勢力'은 아예 생략하는 바람에 문맥이 통하지 않게 되고 말았다. D의 경우도 단순 오식(誤植)으로 의심되는 경우이다. 확실하지는 않으나 C와 D의 경우는 일본에서 『潘佩珠傳』이 만들어지면서 생긴 오류로 판단되고, A와 B의 경우는 사본 자체가 형성될 때 필사자의 의도에 의해 일어난 변형이 아닐까 판단된다.[10]

〈연구반〉은 향후 '한놈본', '전집본', '자판본'을 상호 교감하고 또 여러 연구 문헌을 참고하여 나름의 선본을 만들어 학계에 제공하기

---

10 '자판본'을 일본 측에 제공한 吳成人(英明)이 공산당을 반대하려는 의도에서 『연표』를 개작했다는 비판이 있다고 한다. 『Phan Bội Châu toàn tập』 6, 90면 참조.

위한 준비를 하고 있다. 이 작업이 완성되면 판보이쩌우에 대한 국제적 연구가 더욱 활기를 띨 것으로 기대된다.

## 4. 자료적 의의

『연표』는 기본적으로 판보이쩌우의 자서전이다. 그러므로 판보이쩌우 개인을 연구할 때 매우 중요한 자료라는 의의가 인정된다. 그런데 『연표』가 지니는 의의는 이에 그치지 않는다. 판보이쩌우의 삶은 한 개인의 삶에 그치는 것이 아니라 당대 베트남 민족해방 운동의 한가운데를 관통하고 있고 또 동아시아 전역을 무대로 하고 있기에, 『연표』는 베트남의 역사를 비롯해 나아가 동아시아를 사유할 때도 매우 중요한 자료이다.

여기서 동아시아를 사유한다는 것은 특정 지역 또는 특정 국가의 입장에서 동아시아를 바라보는 것이 아니라, 동아시아 내부의 모든 국가와 지역을 아우르는 차원에서 동아시아를 바라본다는 뜻이다. 동아시아의 영속적 평화를 이루기 위해, 또 수천 년간 동아시아 전역에 축적된 공통의 문명적 자산을 인류의 미래를 위한 가치로 만들기 위해 오늘날 '동아시아적 시각'은 절실히 요청된다. 이러한 점에서 보았을 때 『연표』는 매우 흥미로운 자료이다. 『연표』는 한 지역 또는 한 국가의 문제를 해결하기 위해서는 동아시아 차원의 연대가 필요하다는 점을 역사의 현장에서 생생하게 보여주고 있고, 또 그 연대가 현실적으로 어떠한 한계점을 가지고 있는지도 리얼하게 드러내고 있다. 예를 들어 근왕운동에 몰두하던 판보이쩌우가 다음과 같은 권유에 설득되어 일본으로 향했던 장면은 청년 판보이쩌우의 머릿속에

'동아시아'가 어떻게 표상되고 있었는지 보여준다.

> 지금 열강들의 정세를 보건데 동문동종(同文同種)의 나라가 아니면 누가 기꺼이 우리를 돕겠는가? 그런데 중국은 이미 우리 베트남을 프랑스에 넘겼네. 게다가 지금 국세가 쇠약하여 자신을 추스를 겨를도 없네. 저 일본은 황인종의 신진(新進) 국가로 러시아와 싸워 이겨 야심을 바야흐로 펼치고 있네. 가서 이해(利害)로 추동하면 저들은 필시 기꺼이 우리를 도울 걸세.[11]

인용문은 판보이쩌우의 가장 가까웠던 동지 응우옌타인이 한 말이다. 여기서 우선 '동문동종'[12]이란 말이 주목되는데 이는 곧 '한문(漢文)'을 함께 쓰는 '황인종(黃人種)'이란 뜻이다. 이 시기에 응우옌타인은 동양인과 서양인의 대립을 세계정세를 이해하는 큰 틀로 받아들이고 있었고, 그러한 입장에서 일본은 베트남을 도울 것이라는 낙관적 전망을 했던 것이다. 주지하듯이 일본 제국주의는 제2차 세계대전 시기에 '대동아공영'이란 위선적 구호를 내세우며 황인종과 백인종의 대결 구도를 악용한 바 있다. 그런데 응우옌타인은 그보다 훨씬 앞선 시기에 제국주의에 대항하기 위해 인종 간의 대결 구도를 상당히 진지하게 받아들이고 있었던 것이다. 아마도 이러한 인식은 당시

---

11 "余想現時列強情勢, 非同文同種之邦, 誰肯助我者? 中朝已讓我越與法, 況今國勢衰弱, 自救不暇. 惟日本爲黃種新進之國, 戰俄而勝, 野心方張, 往以利害動之, 彼必樂爲我助."

12 '同文'은 『중용(中庸)』의 "지금 천하는 수레의 바퀴가 같고 서적의 문자가 같으며 행실의 윤리가 같다(今天下, 車同軌, 書同文, 行同倫)"는 말에서 나온 것으로 그 유래가 아주 오래고 또 널리 쓰인 말이었다. 이에 비해 '동종'은 서구의 제국주의 침략이 본격화된 이후에 쓰인 표현이 아닐까 생각된다.

동아시아 지식인들 사이에 상당히 보편적으로 받아들여졌던 것으로 생각된다. 그런데 인용문을 잘 살피면, 응우예타인이 그러한 인종 간의 대결을 절대시하지는 않았음도 알 수 있다. '이해(利害)로 잘 설득하면……'이라는 단서를 달고 있다는 것은 '인종'을 국제 정세를 추동하는 여러 요소 가운데 하나로 인식하였다는 것을 보여준다.

판보이쩌우는 이 같은 '동문동종'에 상당한 기대를 안고 일본에 갔다. 그래서 그는 실제로 일본인으로부터 많은 도움을 얻기도 하였지만,[13] 믿었던 일본 정부로부터는 도움을 받지 못하는 형편에 이르렀다. 이때 그는 미야자키 도텐(宮崎滔天, 1870~1922)이란 인물을 만나 동아시아에 대한 생각에도 중대한 변화가 생기는데, 미야자키 도텐은 훗날 신해혁명에도 가담했던 혁명가이다. 미야자키 도텐은 판보이쩌우에게 다음과 같이 권유했다.

> 귀국이 자력으로 프랑스인을 무너뜨리는 것은 불가능하다. 그래서 우방에 도움을 요청하는 것이 잘못된 건 아니다. 그러나 일본이 어찌하여 그대를 돕겠는가? 일본 정치가는 대개 야심은 많고 의협심은 적다. 그대는 청년들에게 권하여 영어와 러시아어를 많이 배워 세계인들과 사귀어 프랑스인들의 죄악을 알려 세계인들이 듣게 하라. 인도(人道)를 중시하고 무력을 낮게 보는 사람들이 세계에는 적지 않으니 그들이 비로소 그대들을 도울 것이다.[14]

---

13 판보이쩌우가 도움을 받았던 일본인으로는 앞에서 소개한 오쿠마 시게노부(大隈重信)와 이누카이 쓰요시(犬養毅), 아사바 사키타로(淺羽佐喜太郎) 등을 들 수 있다. 그런데 오쿠마의 태도에 대해 판보이쩌우는 "오쿠마가 말을 할 때 자못 오만하여 나는 부끄러웠다(隈語時, 頗覺自豪, 余恥之)"고 하였다. 판보이쩌우의 눈에 오쿠마는 '시혜자'로서의 태도를 지녔던 것으로 비쳤던 것이다.

14 "貴國自力必不能傾倒法人, 其求援於友邦, 未爲不是. 然日本何能厚援君? 日本政治

여기서 미야자키는 가히 세계주의자의 면모를 보여주고 있다. 그는 '동문동종'을 넘어서 '인도'의 차원에서 양심적인 세계인들과의 연대를 추진하라는 주문인 것이다. 이는 중국 혁명에 투신했던 그의 경력과도 잘 어울리는 발언이라 할 수 있다. 이러한 권유를 듣고서 한참 세월이 지나 판보이쩌우는 미야자키의 권유를 회상하며 다음과 같은 자신의 생각을 피력했다.

> 내가 그때는 그의 말을 깊이 믿지 못했다. 그런데 세계와 연대해야 한다는 생각이 바로 그때 싹텄던 것임을 이제는 분명히 깨닫겠다. 그러나 구미(歐美)를 여행하자니 무전여행(無錢旅行)을 할 수는 없고, 유럽의 문자를 알지 못하니 세계의 문맹자가 되는 것도 부끄럽다. 그러니 구미 인사들과의 연대는 부득불 다른 때를 기약할 수밖에 없다. 그러나 그 첫걸음은 먼저 아시아 여러 망국의 지사들과 연대하고 힘을 합쳐 각 민족들을 혁명의 무대 위로 오르도록 도모하는 것이다.[15]

여기서 판보이쩌우는 분명 아시아의 연대를 지향하고 있지만, 그 성격은 앞에서 보았던 것과 같은 인종 대결의 구도를 완전히 넘어섰음을 확인할 수 있다. '세계의 연대'에 앞서 그 중간 단계로써, 지리적으로 가깝고 문화적으로 유사하며 역사적 처지가 같은 아시아 피압박 민족들의 단결을 지향하고 있는 것이다. 이러한 식견은 지금 보아

---

家, 大抵富於野心, 而貧於義俠. 君宜勸青年輩, 多學英語·俄德語, 多與世界人結交, 鳴法人之罪惡, 使世界人聞之. 重人道, 薄強權, 世界正不乏此等人, 始能爲君等援耳."

15 "余時未深信其言. 至是益驗聯絡世界之思想乃於是始. 然欲浪遊歐美, 不能爲無錢之旅行, 而歐文不通, 愧爲世界之盲聾漢. 結納歐美人士之事, 不得不期諸異時, 其第一步, 則擬先聯絡全亞諸亡國志士, 互相提挈, 以謀共躋各民族於革命之舞臺."

도 놀라운 바가 있는 만큼, 오늘날의 동아시아 담론 차원에서도 깊이 살펴볼 사상적 자원이 아닐 수 없다.

한편 『연표』는 우리의 민족해방 운동사를 다시 비춰볼 수 있는 거울이 될 수 있다. 판보이쩌우가 걸어온 독립운동의 역정에서 각 단계마다 선택했던 투쟁의 방법들은 우리에게 전혀 낯설지 않다. 판보이쩌우가 처음 참여했던 '근왕운동'은 3·1운동 이전에 전개되었던 복벽운동(復辟運動)과 의병투쟁을 연상시키고, '동유운동'은 김옥균(金玉均)이나 손병희(孫秉熙) 등의 인물이 중심이 되어 여러 젊은이들을 일본으로 유학시켰던 사실을 연상시킨다. 또한 판보이쩌우가 해외에서 '베트남 광복회', '베트남 유신회', '베트남 국민당' 등을 조직하여 민족해방 운동의 구심점을 만들려 했던 것은 우리의 '임시정부'와 성격이 유사하고, 아시아의 해방을 위해서는 먼저 중국의 혁명이 필요하다는 판단 하에 중국의 혁명운동을 도왔던 것은 우리의 수많은 혁명지사들이 중국 혁명에 직접 참여하여 피를 흘렸던 뜻과 조금도 다를 것이 없다. 그리고 안중근 의사의 의열 투쟁이 판보이쩌우에게 큰 자극이 되었음은 앞에서 말한 바와 같다.

그리고 민족해방 투쟁의 방향과 노선을 두고 갈등이 적지 않았던 점 또한 두 나라의 사정이 다르지 않았다는 것도 흥미로운 점이다. 『연표』에는 이 문제가 판보이쩌우와 판쭈찐(潘周楨, 1872~1926)과의 관계를 통해 극명하게 드러나고 있다. 이 두 사람은 젊어서부터 의기가 통하는 매우 가까운 동지였다. 1904년 7월 어느 날 판보이쩌우는 가까운 벗들을 불러 자신이 해외로 나가 외국의 원조를 구하겠다는 계획을 털어놓았다. 그 자리에 함께 있던 판쭈찐은 밤을 새워 속내를 이야기하고는 웃으며 성공을 축하해주었다.

그런데 이 시기에 판쭈찐은 이미 회시(會試)에 합격하여 응우옌 왕조에서 고위 관료로 지내고 있었다. 그래서 판쭈찐은 나름 최선을 다해 왕조의 틀 안에서 개혁을 이루려고 노력을 경주하고 있었다. 그러나 끝내 처절한 좌절을 맛보고 봉건왕조에 대한 깊은 환멸을 안은 채 스스로 벼슬을 그만두고 판보이쩌우의 행적을 따라 해외로 나갔다. 이후 두 사람은 다시 만나게 되는데 이때 두 사람이 지향하는 바가 완전히 달라진 뒤였다.

> 이로부터 연달아 십여 일 동안 공(公, 판쭈찐-역자)과 나는 반복해서 토론을 벌였는데 의견이 완전히 상반되었다. 공은 군권(君權)을 없애어 민권(民權)을 세우는 기초로 삼으려 했고, 나는 먼저 외적을 꺾어 우리나라가 독립하기를 기다린 뒤에야 여타의 논의를 할 수 있다고 하였다. 군주(君主)를 이용하고자 하는 나의 뜻을 공은 극렬히 반대하였고, 백성을 높이고 군주제를 없애자는 공의 뜻에 나 또한 절대 찬성하지 않았다. 대개 공과 나는 목적은 같았으나 수단은 크게 달랐던 것이다. 공은 프랑스의 힘을 빌려 군주제를 없애는 것부터 시작하고자 하고, 나는 프랑스를 몰아내고 베트남을 회복하는 것부터 시작하고자 하였으니 이것이 그 다른 점이었다.[16]

판보이쩌우는 '독립'을 위해서는 '군주제'를 이용하는 것이 아무 문제가 되지 않는다는 입장이고, 판쭈찐은 '민권의 확대'를 위해서는 프랑스의 식민통치도 용인할 수 있다는 입장이다. 달리 표현하자면

---

16 "自是, 連十餘日. 公與余反覆辨論, 意見極相左. 公則欲翻倒君權, 以爲扶植民權之基礎, 余則先摧外敵, 俟我國獨立之後, 乃能言及其他. 余所謀利用君主之意, 公極反對, 而公所謀尊民排君之意, 余亦極不贊成. 蓋公與余同一目的, 而手段則大不同. 公則由倚法排君入手, 余則由排法復越入手, 此其所異也."

판쭈찐은 '민주주의'를 더욱 중시하였던 것이고, 판보이쩌우는 '민족해방'을 더 우선시했던 것이다. 이러한 견해의 대립은 우리의 역사에서도 너무도 낯익은 광경이 아닐 수 없다. '척사파(斥邪派)'와 '개화파(開化派)'의 대립부터 '반일(反日)'과 '친일(親日)'의 대립에 이르기까지 그 이면에는 민족해방을 우선할 것이냐 근대문명의 수용을 우선할 것이냐 하는 근본적 견해 차이가 있었다. 베트남과 사정이 크게 다르지 않았던 것이다.

판보이쩌우와 판쭈찐의 대립은 두 사람만의 문제로 그칠 수 없는 사안이었다. 판쭈찐이 민주공화제를 지속적으로 주장함으로써 황족(皇族)인 끄엉데를 중심으로 하는 근왕운동과 동유운동은 일대 위기를 맞게 되었다. 『연표』의 표현을 가져오면 '거의 당쟁의 화가 일어날(幾起黨爭之禍)' 지경에 이르렀던 것이다. 그런데 이 대립은 판보이쩌우가 일본에서 추방당함으로써 해소의 계기를 맞게 되었다. 동유운동이 실패함으로써 일본의 원조를 통해 입헌군주제를 실현하려던 판보이쩌우의 계획은 물거품이 될 수밖에 없었고, 이에 따라 판보이쩌우의 생각도 군주제에서 떠나게 되었던 것이다. 이후 판보이쩌우는 무장투쟁에 기대를 걸기도 하고 사회주의에 기대를 걸기도 하였다. 이와 같이 독립운동 진영 내에서 투쟁 방법에 따라 갈래가 나뉘었던 것은 우리의 독립운동사에서 낯설지 않은 광경들이라 할 수 있다. 이러한 점에서, 앞으로 두 나라의 독립운동사를 함께 검토해 나간다면 이 시기의 역사에 대한 새로운 이해를 열어갈 수 있을 것으로 기대된다.

그리고 앞서 머리말에서 잠시 언급한 바와 같이 『연표』는 동아시아 근대 한문학 연구에 있어서도 자료적 가치가 매우 높다. 우선 주목되는 점은 베트남의 한문 교육 기관, 교육 방법, 사회에서 한문이 소통되었던 양상, 과거시험의 운용 등등에 관한 정보들이다. 『연표』

에는 이와 관련된 내용이 풍부히 기술되어 있으므로 이를 통해 베트남에서 한문 문화가 어떻게 재생산되었는지 알 수 있을 것이다. 아울러 동아시아 각국과의 비교를 통해 한문 문화의 공통점과 다양성에 대해 탐색할 수 있을 것이다.

또 판보이쩌우가 베트남을 떠나 해외에서 각국의 한문 지식인들과 필담을 통해 깊이 있는 토론을 수행하고 한시를 통해 마음을 소통하였던 것이라던가, 잡지 등에 한문으로 된 글을 투고함으로써 자신의 생각을 펼치기도 하고 또 일정한 수입을 얻었던 점들도 매우 흥미로운 내용이 아닐 수 없다. 이런 점을 보면, 20세기 초반 동아시아 민족해방 운동에 한문이 기여한 바가 적지 않았을 것으로 생각되는데, 이는 앞으로 매우 중요한 연구 주제가 될 것으로 예상된다.

## 5. 맺음말

그동안 판보이쩌우에 대한 연구를 진행하면서 중국, 일본, 대만의 연구 성과들을 대략 살펴보았다. 그런데 대개 중국의 학자들은 판보이쩌우를 중국·베트남(中越) 간 우호 관계의 상징적 존재로 표상하고자 하는 의도를 드러내면서 은연중에 판보이쩌우가 반일(反日)적 태도를 지녔음을 강조하고 있다. 이에 반해 일본 학자들은 판보이쩌우와 일본인 사이의 우호 관계를 매우 실증적으로 재구성하면서, 일본 정부가 판보이쩌우를 추방할 수밖에 없었던 이유는 프랑스 정부의 압력 때문임을 판보이쩌우도 잘 알고 있었다는 논조를 암암리에 강조하고 있다. 이는 연구자들이 각자의 입장에서 판보이쩌우를 바라봄으로써 생겨나는 시각의 차이라고 이해되는데, 한편으로는 이렇게 다른 입장과 생각들이 서로 만나 대립하고 토론하는 과정을 통해서 '동아시아적 시각'이 열릴 수 있으리라는 기대도 하게 되었다.

그런데 연구를 수행함에 있어 가장 큰 어려움은 〈연구반〉으로서는 베트남어로 된 문헌을 활용할 능력이 없다는 점이었다. 그래서 불가피하게 꼭 필요한 부분에 한하여 번역을 의뢰하면서 연구를 수행할 수밖에 없었는데, 이로 인해 연구 진행에 제약 사항이 많았음을 실토하지 않을 수 없다. 앞으로 우리 〈연구반〉을 포함하여 한국의 학계가 베트남을 보다 깊이 이해하기 위한 노력을 기울일 필요가 있음을 절감하였다.

마지막으로, 본 자료집이 나올 수 있도록 결정적 도움을 준 베트남 한놈연구원의 응우엔뚜언끄엉(阮俊强) 원장께 진심으로 감사의 말씀을 전한다. 응우엔 원장이 자료의 활용을 흔쾌하게 허락하였기에 이 자료집은 세상에 나올 수 있었다. 이 성사(盛事)를 계기로 한국과 베트남의 학술교류가 더욱 활성화되기를 기대해 본다.

## 참고문헌


内海三八郎 著 · 千島英一, 桜井良樹 編(1999), 『(ヴェトナム獨立運動家) 潘佩珠伝: 日本 · 中國を駆け抜けた革命家の生涯』, 東京: 芙蓉書房出版.

Phan, Boi Chau, 『Phan Bội Châu toàn tập』, Hue: Nha xuat ban Thuan hoa: Trung tam van hoa ngon ngu Dong Tay, 2001.

川本邢衛(1971), 「藩佩珠の初期の著作について」, 『藝文研究』 30.

川本邦衛(1972), 「潘佩珠(Phan-boi-Chau)の日本観」, 『歴史学研究』 391, 青木書店.

川本邦衛(1973), 「維新東遊期における潘佩珠の思想 — ヴェトナム民族運動の起点」, 『思想』584, 岩波書店.

黎鵠 저(1980), 梁志明 한어역, 「潘佩珠逝世于何年何月?」, 『印度支那研究』.

徐善福(1980), 「潘佩珠研究(上)」, 『暨南学报』(哲学社会科学版);1980年03期.

徐善福(1980), 「潘佩珠研究(下)」, 『暨南学报』(哲学社会科学版);1980年04期.

楠瀬正明(1981), 「20世紀初頭におけるベトナムのナショナリズム−−潘佩珠を中心として」, 『広島大学文学部紀要』 41, 広島大学文学部.

川本邦衛(1981), 「潘佩珠と保皇派及び革命同盟会との関係−2−広州事件前後の回想よりみたる」, 『慶応義塾大学言語文化研究所紀要』 13, 慶応義塾大学言語文化研究所.

陈玉龙(1983), 「鲲鹏羁樊笼重赋《正气歌》− 越南近代革命先驱潘佩珠汉文五言古诗一首设释」, 『印支研究』.

白石昌也(1987), 「在日ベトナム人東遊運動の終焉−1−潘佩珠の国外退去をめぐって」, 『東洋史研究」 46, 東洋史研究会.

白石昌也(2012), 『日本をめざしたベトナムの英雄と皇子: ファン · ボイ · チャウとクオン · デ』, 彩流社.

徐善福(1992), 「关于《越南亡国史》的作者问题」, 『东南亚纵横』.

王民同(1992), 「越南民族民主革命的伟大先行者潘佩珠」, 『云南师范大学学报』 1992年 第2期.

杨天石(2001), 「潘佩珠与中国——读越南《潘佩珠自判》」, 『百年潮』 2001年10期.

유인선(2004), 「판 보이 쩌우(Phan Bôi Châu, 1867~1940): 방황하는 베트남 초기민족주의자」, 『역사교육』 90.

吴雪兰(2004), 「潘佩珠与梁启超及孙中山的关系」, 『北京师范大学学报』, 北京师范大学.

林莉(2006), 「中越友好关系史上珍贵的一页 — 记越南革命先驱潘佩珠的革命历程」, 『东南亚纵横』 2006年07期, 广西民族大学外国语学院.

윤대영(2007), 「20세기 초 베트남 지식인들의 동아시아 인식 — 연대의식(連帶意識)과 자민족중심주의(自民族中心主義) 분석(分析)을 중심(中心)으로−」, 『동아연구』 53.

林正子(2008), 「ベング老人と二匹の犬 — 潘佩珠の墓碑」, 『饕餮』 16, 中国人文学会.

梁巧娜(2009), 「壮志未酬 悲怆难抑 — 潘佩珠《古风》赏析」, 『阅读与写作』 12, 广西语言文学学会 广西大学中文系.

윤대영(2010), 「19세기후반 응우옌 쯔엉 또(Nguyễn Tru'òng Tộ)의 개혁 논의와 응우옌(Nguyễn) 왕조의 대응」, 『역사학보』 206.

范宏贵(2011), 「辛亥革命与越南」, 『东南亚南亚研究』

윤대영(2011), 「19세기 후반~20세기 초 베트남의 '新書' 수용: 초기 개혁운동의 기원과 관련하여」, 『동양사학연구』 117.

羅景文(2011), 「東亞漢文化知識圈的流動與互動—以梁啟超與潘佩珠對西方思想家與日本維新人物的書寫為例」, 『臺大歷史學報』

刘先飞(2011), 「东游运动与潘佩珠日本认识的转变」, 『东南亚研究』 5, 暨南大学东南亚研究所.

羅景文(2012), 「潘佩珠研究述評(1950−2010)及其漢文小說研究之意義」, 『國家圖書館館刊』

吕小蓬(2013), 「潘佩珠汉文小说评述」, 『人文丛刊』 2013年00期.

# 판보이쩌우 연보

박이진(성균관대 동아시아학술원)

## 일러두기

- 연보 작성은 판보이쩌우의 글『潘佩珠年表』(이하 〈연표〉)를 기준으로 한다. 여기에『ヴェトナム亡国史他』(東洋文庫, 1966)에 실린 그의 글『獄中記』(이하 〈옥중기〉)와「潘佩珠小史」(川本邦衛),「日本におけるヴェトナムの人々」(長岡新次郎),『日本をめざしたベトナムの英雄と皇子: ファン·ボイ·チャウとクオン·デ』(白石昌也, 彩流社, 2012), Overturned Chariot: The Autobiography of Phan-Boi-Chau(Sinh, Vinh (TRN)/ Wickenden, Nicholas (TRN), Univ of Hawaii Pr, 1999. (이하 〈Overturned Chariot〉)를 비롯해 관련 연구서, 논문 등을 참조했다. 이상의 참고서는 내용을 꼭 특정해야 할 필요가 있을 경우 '자료'로 명시했다.
- 연월과 나이는 양력으로 기술한다. 음력으로 기술되고 있는『潘佩珠年表』에 등장하는 시기(연월, 날짜, 계절 등)는 [ ]안에 병기한다.
- 인명, 지명을 포함해 베트남어 표기는 국립국어원 한글외래어표기에 따른다.

**1867년**
**1세**

**1월[음력 1866년 12월 26일]**, 베트남 북부 응에안(乂安, Nghệ An) 성 난단(南壇, Nam Đàn) 현 사남(沙南, Sa Nam) 마을에서 태어남.

호는 샤오남(巢南, Sào Nam), 티한(是漢, Thi Han) 등을 사용했고 어렸을 때 마을에서는 판솜(Phan som)으로 불렀다. 대대로 가난한 유생(儒士) 집안(家系) 출신으로, 교사였던 아버지 판반포(潘文譜, Phan Văn Phổ)는 한학과 유학에 조예가 깊은 독서인으로 알려져 있다. 또 어머니 응우엔난(阮嫻, Nguyễn Thị Nhàn)도 한자 지식이나 중국 학문에 교양을 갖추고 있어서, 그가 5~6세까지 〈시경국풍詩經國風〉의 '주남周南'편 수편을 어머니로부터 들어서 암송했다고 한다.

---

**1869년**
**3세**

일가가 같은 현내 단니엠(丹染社, Đan Nhiễm)으로 이사

---

**1872~1873년**
**6세~7세**

아버지가 가르치는 사설 학원에서 한자를 배우기 시작. 여러 경전을 공부함.

〈삼자경三字經〉을 3일 만에 모두 외웠다고 한다. 이를 보고 아버지가 〈논어論語〉를 내주었다고 하는데, 그의 총명함은 8~9세에 이미 짧은 문장을 짓기 시작하면서 곧 현시(縣試)의 동자과(童子科)에 출석해 수석을 차지할 정도였다고 한다.

| | |
|---|---|
| **1874년<br>8세** | 향리의 소고(小考)에 수차례 합격 |

---

| | |
|---|---|
| **1876년<br>10세** | 마을 아이들을 모아 '프랑스 토벌(平西)' 거병 흉내를 내며 놀다 아버지에게 크게 혼이 남. |

1874년 3월에 (제2차)사이공조약이 맺어지면서 프랑스가 베트남의 주권과 독립을 인정하는 듯했으나 이는 베트남 남부 6개성의 프랑스 주권을 승인하는 것이기도 했다. 이에 조약철회를 요구하는 근왕군(勤王軍)이 반란을 일으키며 '平西'(bình Tây, 서구 프랑스 평정)를 호소했다. 〈Overturned Chariot〉에는 9세, 뜨득(嗣德) 29년(1874년) 때의 일로 나와 있다.

---

| | |
|---|---|
| **1879년<br>13세** | 문장에 두각을 나타내기 시작함. |

한학에 조예가 깊은 석학 응우엔끼에우(阮喬, Nguyễn Kiều)에게 배우기를 청한다. 선생이 여러 대가의 장서를 빌려 주며 정통 한학의 문장을 읽게 했는데, 이로 인해 큰 소득이 있었다고 한다.

---

| | |
|---|---|
| **1883년<br>17세** | '프랑스인을 토벌해 베트남 북부를 수복하자(平西收北)'는 글을 내걺. |

1882년 4월 앙리 리비에르가 이끈 프랑스군이 하노이를 함락한 이후 통킹 각지에 이에 항의하는 의군이 봉기하는 등 베트남 북부는 전란에 휩싸인다. 판보이쩌우는 이 소식을 전해 듣고 격문을 써서 항프랑스(抗佛) 반란을 선동하려 했지만 마을에서 아무도 관심을 갖지 않아 크게 실망한다.

---

**1884년**
**18세**

**모친 사망[음력 5월]**

어머니의 장례식으로 이해 과시(科試)에 출석하지 못하게 된다. 또 경제적으로 가계를 꾸려온 어머니의 부재로 집안의 경제사정이 어려워지면서 판보이쩌우가 아버지를 도와 두 누이와 집안일을 돌보기 시작한다.

---

**1885년**
**19세**

**근왕의 조서에 감응해 청년대 조직**

이해 7월, 함응이(咸宜) 황제가 프랑스군에 점령당한 후에(Hue)를 탈출하면서 항전을 촉구하는 조서를 내린다. 판보이쩌우는 이 조서에 영향을 받아 쩐반르엉(陳文良, Trận Văn Lương) 등과 학우 청년 60여 명을 모아 딘쓰언삭(丁春充, đinh xuân sạc)을 대장으로 한 시생군(試生軍)을 조직한다. 그러나 대대적인 프랑스군의 습격으로 마을 민가가 초토화되면서 원성을 사게 되어 청년대를 해산한다.

**1886년**
**20세**

**『쌍술록雙戌錄』 저술**

근왕운동(勤王運動)의 경과를 기록한 내용이다. 전편에서는 갑술년(1874년) 응에안(乂安)과 하띤(河靜)에서 의병이 일어났던 일을 상세히 기록하고, 후편에서는 병술년(1886년) 근왕운동에 대해 대략 기술하였다.

---

**1887년~1897년**
**21~31세**

**자중 생활, 결혼**

1887년부터 1897년까지는 이른바 은둔기(隱伏期)라 할 수 있다.

이 시기 판딘풍(潘廷逢, Phan Đình Phùng) 일파를 비롯해 베트남 각지에서 근왕의 제당(諸黨)이 반프랑스(反佛) 반란을 거행하는 가운데 판보이쩌우는 조용히 지냈다고 한다.그 이유를 '첫째, 아버지의 병환으로 가계에 대한 책임감이 더 커졌고 둘째, 그러한 아버지께 혹시라도 누를 끼칠까 봐 자중했다. 또한 학문을 더 수양해 언젠가 향시에 합격해서 독서인들, 특히 청년들로부터 명성을 얻으려 했다고 하는데, 나중에 일(혁명)을 도모할 때 많은 지지를 얻기 위해서였다.'고 설명한다.

22살 무렵 유생 집안 출신의 여성과 결혼을 하였으나 아이를 가지지 못하자, 부인의 권유로 두 번째 부인을 맞이하게 된다. 두 번째 부인에게서 아들을 얻은 얼마 후, 첫 번째 부인에게서도 아들이 생겼다고 한다.

**1897년**
**31세**

과거시험장에 글(서적)을 갖고 들어가 징계를 받음. 이에 박키(北圻, Bắc Kỳ. 프랑스 점령 당시 베트남 북부의 통킹 지방. 현재 하노이) 지방을 유랑하게 됨.

이때 키에우낭띤(叫能靜, Khiếu Năng Tĩnh), 당응우엔칸(鄧元謹, Đặng Nguyên Cẩn), 응우엔트엉히엔(阮尙賢, Nguyễn Thương Hiền) 등의 명사와 교류하고, 『중동전기中東戰紀』, 『보법전기普法戰紀』, 『영환지략瀛寰志畧』 등의 신서를 탐독한다.

---

**1900년**
**34세**

응에안(乂安) 공원(貢院)에서 치러진 향시(鄕試)에 1등으로 합격(解元)

판보이쩌우에게 과거 합격은 프랑스에 저항하는 운동을 일으키는데 필요한 명성과 영향력을 얻기 위한 수단이었다고 한다.

부친 사망[음력 9월]

부친의 사망 이후 판보이쩌우를 자중하게 했던 두 가지 부담이 모두 사라지자 혁명운동에 전념하기로 결심한다. 연말 즈음해서는 당타이턴(鄧蔡紳, Đặng Thái Thân)과 그 외 동지들과 회합해 향후 활동계획을 세운다. 이때 세운 주요 활동은 '첫째, 근왕여당이나 재야의 의군들과 연락해 반프랑스 폭동을 일으킨다. 둘째, 맹주로 삼을 황친(皇親)을 찾고 믿을 만한 세력가의 원조를 얻어 중부, 북부의 충의존왕(忠義尊王)의 지사를 규합해 거사를 도모한다. 셋째, 이러한 계획을 실행함에 있어 외국의 원조가 필요할 경우 동지를 해외에 파견해 구원(求援) 활동을 한다.'였다.

**1901년**
**35세**

비밀리에 근왕운동 개시[**여름**]. 프랑스 공화국 기념일(7월 14일)에 맞춰 응에안을 점거할 계획을 세웠으나 준비 부족으로 실패

판딩풍의 아들 판바억(潘伯玉, Phan Bá Ngọc)과 부엉특뀌(王叔貴, Vương Thúc Quý) 등과 협의하고 성(省)의 보안대와 통첩해 7월 거사를 계획했다.

이때 밀정의 보고로 사전에 계획이 누설되어 실패했다고도 하는데, 당시 판보이쩌우가 체포되지 않고 무사할 수 있던 이유는 밀고를 받은 응에안 성 총독이 그의 행동을 적극적으로 옹호해 줬기 때문이라고 한다. 이후 하나의 지방에 한정된 소수의 동지로는 독립운동의 전망이 불투명하다고 보고 전국 각지에서 동지를 구하고, 근대적 무기를 입수하려는 활동을 전개하기 시작한다.

---

**1902년**
**36세**

프랑스 침략에 맞서 싸운 전설적 영웅 호앙호아탐(黃花探, Hoàng Hoa Thám)을 찾아가 만남[**음력 11월**].

---

**1903년**
**37세**

후에(Hue)로 가서 국자감(國子監)에 입학[**봄**].
근왕운동에 앞장섰던 응우옌타인(阮誠, Nguyễn Hàm 또는 Nguyễn Thành, 字는 小羅, Tiểu La)을 찾아가 활동방향을 논의함.

이때 가명을 사용해 후에로 이동했다고도 한다.

향시에 합격한 판보이쩌우는 회시(會試), 전시(殿試) 수험의 준비라는 명목으로 입학했으나, 실은 동지를 찾기 위함으로 수학하면서 황친(친왕)들과 교류하며 신당의 맹주로 추대할 인

물을 탐색하는 한편, 존왕의 동지를 얻기 위해 투아티엔 성(承天省) 부근을 시작으로 남키(南圻, Nam Kỳ. 프랑스 점령 당시 코친차이나, 현재 사이공 지방)에 걸쳐 활동을 전개한다.

황족(皇族)인 끄엉데(彊柢, Cường Để, 畿外侯)를 찾아가 저항운동의 구심점이 되어줄 것을 설득하여 승낙을 받음.

『류큐혈루신서琉球血淚新書』 저술

이해 2월(〈옥중기〉에는 3월)의 일로, 이때 끄엉데의 소개로 투아티엔(承天)의 부윤(府尹)이나 응에안 총독 등을 만난다. 그러나 후에왕조 내의 대관들을 아군으로 만드는 데 필요한 중개인이 없어 곤란하게 되고, 이를 타개하기 위해 복국(復國)의 정신을 호소하는 『류큐혈루신서』를 쓰게 된다. 일본 치하 류큐의 암담한 상황을 거울삼아 조국의 장래를 논의하고 있다.

이 책을 가장 먼저 형부상서(刑部尚書) 호레(胡禮, Hồ Lệ. 〈옥중기〉에는 禮部尚書)에게 주었다고 한다. 그리고 호레가 이를 (部, 院, 閣 등의)관리들에게 소개해 예부상서(禮部尚書) 응우옌투엇(阮述, Nguyễn Thuật. 〈옥중기〉에는 吏部尚書)과 동각대학사(東閣大學士) 응우옌탕(阮倘, Nguyễn Thảng)이 판보이쩌우를 관저에 초대해 의견을 구했다고 한다.

이후에도 호레가 이 책을 동향의 문신(文紳)들에게 회람시키면서 점차 꽝남(廣南, Quảng Nam), 꽝아이(廣義, Quảng Ngãi)에 있는 학생들 사이에서도 평판을 얻게 되고, 그 영향으로 이후 판쭈찐(潘周楨, Phan Châu Trinh), 쩐꾸이깝(陳季哈, Trần Quý Cáp), 후인특캉(黃叔抗, Huỳnh Thúc Kháng) 등 많은 지사들이 판보이쩌우 주변에 모이게 된다.

**1904년**
**38세**

**1월[음력 1903년 12월]**, 해로를 따라 사이공에 도착. 코친차이나를 돌아다님.

이전까지 꽝빈(廣平, Quảng Bình), 꽝찌(廣治, Quảng Trị) 북쪽인 쭝키(中圻, Trung Kỳ. 프랑스 점령하 중부베트남, 현재 안남지방)에서 박키(北圻) 십여 성을 순례하며 근황(勤皇)의 지사들과 연락을 취한 그는 응우옌타인의 제안으로 사이공(남키) 지역으로 향하게 된다.

**2-3월[음력 1월]**, 후에의 공원(貢院)에서 실시한 회시(會試)에 낙방

**5월[음력 4월 상순]**, 응우옌타인의 집에서 비밀리에 끄엉데를 옹주(翁主)로 추대하는 조직을 결성

〈옥중기〉에는 이 모임이 10월 하순으로 기록되어 있다. 〈연표〉에는 4월(음력 3월)에 판보이쩌우가 꽝남(廣南) 응우옌타인의 집에 들렀다가 후에로 돌아와 끄엉데와 만나고 다시 꽝남으로 돌아간다고 나온다. 이때 신당 설립을 위한 제1회 회합을 4월에 응우옌타인의 집(南盛山莊)에서 열기로 결정했고, 예정대로 (음력)4월 상순에 진행되었다고 기술되고 있다.

끄엉데를 옹주로 추대한 이 모임에서는 조직의 비밀엄수는 물론이고 당일 참석자들 간에 세 가지 주요한 운동방침이 정해진다. 그 중 하나가 외국의 원조를 구하기 위해 조직의 대표가 해외로 가는 것이었다. 만장일치로 판보이쩌우가 결정됐고, 그가 밀출국한 이후 이 모임은 '유신회(維新會, 베트남광복회의 전신)'로 개명된다.

9–11월[음력 8–10월], 출국 전 박키(北圻), 응에티엔, 꽝빈 등지를 오가며 동지와 규합함.

**1905년**
**39세**

1월[음력 1904년 12월], 응우옌타인의 집에서 비밀 모임을 갖고 향후 계획을 논의. 이후 고향으로 가서 신변을 정리함.

판보이쩌우는 해외로 밀출국할 경우, 탕밧호(曾拔虎, Tăng Bạt Hổ), 당도킹(鄧子敬, Đặng Tử Kính)과 동행하기로 하고 목적지는 일본으로 결정하게 된다.

2월[음력 1월], 응에안을 떠나 기차로 남딘에 도착.
18일[음력 1월 15일]에 하노이를 경유해 하이퐁(haiphong, 베트남 북부 해안도시)으로 출발.
23일[음력 1월 20일], 하이퐁을 떠나 홍콩(香港)으로 향함.

당시 하이퐁은 국제항으로 홍콩, 상하이를 왕래하는 국제선이 있었다. 하지만 판보이쩌우 일행은 경계가 심하지 않은 경로를 선택해 이동하게 된다.

먼저 일행은 상인으로 위장하고서 서양 상선을 타고 국경마을인 몽까이(Móng Cái)로 간 다음 중국의 팽창현과 가까운 짜코(Trà Cổ)라는 섬에 머문다. 그곳은 예로부터 가톨릭의 영향이 큰 곳으로 일행도 십자가를 목에 걸고 신자로 위장했다고 한다. 그리고 마을 사람의 도움으로 어선을 빌려 타고 야음을 틈타 팽창현의 츄샨(竹山)에 도착한 다음 탕밧호의 지인의 집에 머물다가 그와 함께 범선으로 큰 항이 있는 페이하이(北海)까지 이동해 다시 증기선을 타고 홍콩으로 직행한다. 이

배 안에서 이후 베트남 밀출국자를 돕거나 국내외의 연락책을 담당하는 리뚜에(里慧, lý tuệ)와 만난다.

홍콩에 도착해서는 그 자유로운 분위기에 큰 충격을 받았다고 하고, 홍콩에 소재한 중국 보황파(保皇派)와 혁명파(革命派)의 언론기관을 각각 방문한다.

**4월[음력 3월 상순], 상하이(上海) 도착**

**5월말–6월초[음력 4월 하순], 일본 고베항(神戸港) 도착.**
**당시 일본에 망명해 있던 량치차오(梁啓超)를 만나기 위해 요코하마(横浜)로 이동**

고베 여관에서 하룻밤을 머물고 다음날 야간열차로 요코하마역으로 간다. 이때 요코하마역에서 판보이쩌우 일행은 짐을 잃어버렸다가 일본 경찰과 민간인의 친절한 배려로 되찾는 경험을 하게 되는데, 일본 사회의 높은 질서의식에 깊은 인상을 갖게 되었다고 한다.

또한 판보이쩌우는 이미 베트남에 있을 때부터 량치차오의 「무술정변기戊戌政變記」, 「중국혼中國魂」, 「신민총보新民叢報」를 읽으며 그가 일본 요코하마(야마시타초山下町)에 있다는 것을 알았다. 도항하는 배에서도 중국인 학생에게 량치차오의 소재를 확인하며 기뻐했다는 판보이쩌우는 그를 만나 서로 필담을 통해 베트남 해방에 관해 논의한다.

량치차오의 소개로 도쿄에서 일본의 유력 정치가 오쿠마 시게노부(大隈重信)와 이누카이 쓰요시(犬養毅), 육군 참모본부차장 후쿠시마 야스마사(福島安正), 동아동문회(東亞同文會)의 네쓰 하지메(根津一)와 가시와바라 분타로(柏原文太郎) 등과 회동함.

『월남망국사越南亡國史』 저술

판보이쩌우의 도항은 일본 정부에 무기 원조를 요청하는 것이 목적이었는데, 량치차오나 오쿠마 등이 이를 듣고 난색을 표하고서 베트남의 실상을 세계에 알리고 베트남인들의 투쟁 역량을 강화해야 한다고 조언했다고 한다. 이에 판보이쩌우는 활동방향을 수정하고 량치차오의 권유를 받아들여 『월남망국사』를 쓴다.

**7월말 8월초[음력 6월 하순–7월 상순]**, 『월남망국사』 수십 권을 가지고 베트남으로의 귀국을 결정. 홍콩에 도착

베트남에 남아 있는 끄엉데를 국외로 피신시키기 위해 일시적으로 귀국하게 되는데, 이때 일본행 유학생 모집과 활동자금 모금도 이루어진다.

**8월말–9월초[음력 7월 하순–8월 상순]**, 프랑스 관헌을 의식하며 1개월 정도 체재하면서 응에안, 하띤, 꽝남으로 거처를 옮겨 다니며 끄엉데의 탈출을 동지들에게 부탁. 그 후 중국 광둥으로 가서 그곳에 망명해 있던 혁명가 응우옌티엔투엇(阮善述, Nguyễn Thiện Thuật)과 청조의 군인이자 흑기군(黑旗軍)을 조직하여 프랑스군과 싸운 류용푸(劉永福)와 만남.

**9월말-10월초[음력 9월 상순]**, 유학생 셋을 데리고 일본에 도착. 량치차오의 권유로 베트남 독립에 필요한 인재 양성을 위해 「권국민조자유학문勸國民助資遊學文」을 저술해 베트남으로 보냄.

이해 말경에 이누카이 쓰요시의 소개로 쑨원(孫文)과 회담

서로 한문 필담을 통해 의견을 나눈다. 혁명의 방법과 순서에 있어 의견이 일치하지 않는 부분이 많았지만, 서로의 인격을 존중하는 사이가 되었다고 한다.

---

**1906년**
**40세**

**2-3월[음력 1월-2월]**, 정월에 베트남을 탈출한 끄엉데를 맞이하기 위해 홍콩으로 감. 해후한 그들은 함께 광둥으로 가서 응우엔티엔투엇와 류융푸를 만남.

이즈음에 독립지사 판쭈찐(潘周楨, Phan Châu Trinh)과도 만난다. 그러나 판쭈찐은 군주제 철폐에 앞장섰던 인물이었기 때문에 끄엉데와 반목이 생긴다.

당시 홍콩에 체재하면서 기억할 만한 일이 〈옥중기〉에 기록되어 있다. 하나는 유신회 강령을 비로소 문장으로 작성하고 수백 부를 인쇄해 홍콩에서 베트남으로 돌아가는 동지들에게 전달한 일이다. 또 하나는 홍콩에 있는 독일영사관을 방문해 이후 항프랑스운동 동지들이 홍콩에 올 때마다 독일인과 교류할 수 있도록 친분을 쌓는다.

**4월[음력 3월]**, 끄엉데, 판쭈찐과 함께 요코하마 도착. 당주의 도일을 기념하며 요코하마 숙소를 병오헌(丙午軒)이라 명명.
일본을 본거지로 한 유신회의 활동과 동유운동(東遊運動)을 전개

이누카이 쓰요시 등의 협조로 베트남 학생들을 진무학교(振武學校)와 동아동문회(東亞同文會)의 동문서원(同文書院) 등에 나누어 입학시킨다(학비 면제). 한편 병오헌에 일본인 몇 명을 초대해 베트남인들에게 일본어와 일본문장을 학습시키기도 한다. 이때 끄엉데는 진무학교에서 공부하였는데 프랑스와의 외교 마찰을 우려한 일본 측 입장을 고려해서 개인 자격으로 학비를 납입했다고 한다.

동유운동은 베트남 내에서 점점 성행하게 되는데 특히 남키(南圻)에서 가장 많은 유학생을 보낸다. 1907년에는 100명에 달했고(남키 출신 40명), 1908년에는 200명이 넘었다(남키 출신 100명 이상)고 하는데, 이 두 해가 동유운동의 최고조기였다(자료〈베트남근대혁명〉).

**6월[음력 5월]**, 『해외혈서초편海外血書初編』 저술. 동지를 통해 이 책을 베트남으로 보내고, 이어서 '속편'도 집필해 바로 베트남으로 보냄.
그 사이 베트남 전국에 동유운동을 확산시킬 목적으로 『경고전국부로敬告全國父老』 저술

『해외혈서』(초편/속편) 두 저술은 당시 베트남 지식계급에서 큰 반향을 일으키고, 후에 통킹의숙(東京義塾)의 비밀인쇄소에서 한자, 쯔놈(字喃, Chữ Nôm. 한자를 차용해 만든 옛 베트남 문자), 꾸옥응으(國語, quốc ngữ) 세 종류의 문자로 간행된다.

이해 가을, 요코하마와 홍콩을 오가며 운동 확산에 힘씀.

특히 홍콩에 동유운동을 위한 상설기관을 세운다. '베트남상단공회(越南商團公會)'도 조직하는데 프랑스 정부가 해산을 촉구하는 압력을 행사하기도 한다.

---

**1907년**
**41세**

1월[음력 1906년 12월], 베트남 정세 정탐과 운동을 더욱 확산시키기 위해 귀국을 결행.
국경지대 시찰을 끝내고 항프랑스 무장세력의 지도자 중 하나인 호앙호아탐(黃花探, Hoàng Hoa Thám)의 유신회와의 합작 약속을 받아냄.

이때 도쿄를 떠난 판보이쩌우는 중국 광둥에서 베트남으로 육로로 잠입하는 위험한 길을 선택하는데, 향후 무기 반입 시 협력을 구해야 할 국경지역 산악 민족 토호(土豪) 등과의 접촉을 위한 조처였다고 한다.

2월[음력 1월], 국경지대에서 하노이로 돌아온 후 여러 동지 및 지사들과 회합을 갖고 운동의 확산을 도모한 다음 홍콩으로 출국

4월[음력 3월], 홍콩에서 다시 일본으로 감.
『애고남키부로문哀告南圻父老文』 저술

당시 일본에서 홍콩으로 와 있던 판쭈찐은 공화제 도입을 강력히 전개하며 여론을 선도하기 시작한다. 이에 위기감을 느낀 판보이쩌우는 급히 일본으로 향한다. 일본에서 끄엉데와

상의하여 「애고남키부로문」이라는 글을 지어 근왕운동의 힘을 결집하고자 한다.

**5월[음력 4월]**, 『애고남키부로문』 등 선전물을 인쇄해 홍콩으로 감. 홍콩에서 『신베트남新越南』을 저술해 운동 교재로 씀.

**7월초[음력 5월말]**, 유학을 희망하는 베트남 청년들과 함께 일본으로 감.

**8-9월[음력 7월]**, 일본에서 활동하는 중국혁명당의 하부기관 중 하나인 『운남잡지雲南雜誌』의 명예편집자가 되어 「애월조전哀越吊滇」, 「월망참상越亡慘狀」 등의 글을 기고

이때 중국혁명당 인사들과 가까이 지내면서 민주주의 사상을 차차 받아들이게 되고, 판쭈찐에 대해서도 이해가 깊어졌다고 한다.

**9월초[음력 8월 첫주]**, 『기년록紀年錄』, 『숭배가인崇拜佳人』, 『호앙호아탐黃潘泰』 저술, 다시 홍콩으로 감.

이 서적들과 『해외혈서』(초편/속편)를 갖고 홍콩으로 가서 남키(南圻)에서 온 여러 부로들과 만나 도움을 요청한다. 이때 병오헌에 기거하는 유학생이 100명을 넘게 된다.

9월말–10월[음력 8월], 새로운 유학생들과 도쿄에 도착.
베트남 유학생들을 중심으로 베트남공헌회(越南公憲會)를 조직

「판보이쩌우 소사(潘佩珠小史)」에는 신베트남공헌회(新越南公憲會)로 나오며, 이 조직이 유신회의 전위무력 혁명파를 이뤘다고 한다. 끄엉데가 회장, 판보이쩌우는 총리 겸 감독을 맡았다. 이때부터 이듬해 6월까지 베트남 유학생이 200명 내외에 이르게 된다.

---

**1908년**
**42세**

3–6월[음력 2–5월], 샴(Siam, 태국)에 다녀옴.

10–11월[음력 10월], 일본 정부가 베트남 유학생들(공헌회)에게 해산령을 내림.
일본에 있던 각국의 진보적 인사를 규합해 동아동맹회(東亞同盟會)를 조직. 계림(桂林) 운남(雲南) 지역의 중요성을 고려하여 계전월련회(桂滇越聯會)도 조직함.
『베트남사고越南史考』, 『쩐동퐁전陳東風傳』 저술

동아동맹회는 1907년에 조직됐다는 설도 있다(자료, 白石昌也의 책). 조선인으로 조소앙(趙素昂)이 참여하였다.

그리고 이해 베트남 내에서 동유운동의 자금원을 파악한 프랑스 정부가 유학생 가족을 탄압하는 한편 일본 정부에게 베트남 유학생 추방을 요구한다. 마침 동문서원에서는 최초의 졸업생이 배출되고 유학생 숫자도 늘어난다. 이에 일본 정부에 대한 프랑스의 압력이 점차 높아지자 일본 정부의 태도가 변하여 베트남 유학생들을 노골적으로 탄압하기 시작했고

유학생들의 동요가 심해졌다. 급기야 해산령이 내려지고 베트남으로 돌아가길 원하는 학생들의 여비 마련을 위해 판보이쩌우는 백방으로 노력하여 배편을 마련해 준다. 이외에 일본에 남아 학업을 계속하거나 외국으로 나가는 등, 학생들은 모두 뿔뿔이 흩어진다.

새로운 조직 활동과 자국 내의 혁명 조성을 위해 출판물의 필요성을 통감하여 『베트남사고』와 『쩐동퐁전』을 저술한다.

---

**1909년**
**43세**

2–3월[음력 2월], 일본 정부가 끄엉데와 판보이쩌우에게 추방령을 내림. 끄엉데는 홍콩으로 가서 훗날을 기약하고, 판보이쩌우는 광저우(廣州)로 갔다가 홍콩으로 감.
동아동맹회도 해산됨.

1907년 6월 10일에 프랑스일본 협약이 체결되고 얼마 지나지 않은 4월(17일)부터 프랑스대사는 일본 정부에게 끄엉데의 동정을 파악해 줄 것을 요구했다. 당시 일본 측은 관심을 보이지 않았고, 1909년 1월(14일)에 다시 프랑스 정부가 도쿄에 거주하는 베트남인, 특히 유신회 영수(領袖) 끄엉데를 지목해 그의 거취 파악을 의뢰한다. 이에 일본 정부는 2월(8일)부터 끄엉데를 찾기 시작하지만 순조롭게 진행되지 않자 판보이쩌우를 지도자로서 수색선상에 올렸다. 그리고 4월 21일에 재일프랑스대사관이 일본외무성에 끄엉데와 판보이쩌우가 베트남으로 귀국하는 것을 금지시켰다고 통고해 온다. 이에 일본 관헌은 프랑스 정부의 엄중한 요청으로 적극적으로 판보이쩌우를 뒤쫓게 된다.

도쿄와 요코하마 등 은신처를 바꾸며 가명을 사용해 숨어 있던 판보이쩌우는 3월(8일)에 일본(新橋)을 떠나 홍콩으로 갔다. 이때 호앙호아탐이 무장봉기를 일으켜 한창 전투를 수행하고 있었는데, 판보이쩌우는 무기를 조달하기 위해 홍콩으로 가서 백방으로 노력했다고 한다.

그리고 각국의 진보적 인사들이 참여하고 있던 동아동맹회는 약 3개월의 활동 끝에 불온하다고 판단되어 해산령이 내려진다.

**7월[음력 5-6월]. 무기 운송방법을 찾기 위해 싱가포르에 가서 중국 혁명당과 접촉. 샴으로 가서 무기반입 방법을 샴왕조와 논의하지만 실패**

샴으로 간 이유는 홍콩으로 가져온 무기를 샴을 경유해 중부 베트남으로 들려오기 위해서였다. 그러나 끝내 호앙호아탐에게 무기를 보내지는 못한다. 〈옥중기〉에는 샴왕조의 조력을 얻지 못해 다시 중국 혁명당의 힘을 빌리기 위해 싱가포르를 오가는 사이에 호앙호아탐의 군대가 위축되고 홍콩항 내에 있던 무기는 영국 관헌에게 몰수되었다고 기록되어 있다.

---

**1910년**
**44세**

**이해 봄, 실의에 빠져 광저우에서 이름을 감추고 글을 팔며 생활을 꾸림.**

당시 몇 명의 학생이나 동지를 돌봐주었다고 한다.

3월에 상하이에서 일본으로 갔다가 다시 상하이로 돌아왔다고도 하는데, 일본에서 당시 楊慶忠이라는 가명을 사용해 열흘 정도 머물렀다(16일~26일). 하지만 목적이 무엇이었는지 확실하지 않다(자료「日本におけるヴェトナムの人々」).

**10–11월[음력 9월]**, 개척과 농경으로 삶을 마치려는 생각에 젊은 벗 몇 명과 함께 샴으로 감.

〈옥중기〉에는 다음해(1911년) 2월이라고 기록되어 있다.

샴에서 농사를 지으며 애국정신을 고취하는 시가를 베트남어로 지어서 학생들에게 가르치기도 한다.

---

**1911년**
**45세**

**11–12월[음력 10월]**, 중국과 일본이 협력해야 한다는 내용의 『연아추언聯亞芻言』 저술

10월에 중국에서 신해혁명(武昌革命)이 일어났다는 소식에 고무되어서 『연아추언』을 저술한다.

---

**1912년**
**46세**

**1–2월[음력 1911년 12월]**, 신해혁명이 성공해 난징(南京)에서 중화민국이 탄생하자, 혁명운동에 새로운 길이 열릴 것을 기대하고 광둥으로 감.

향후 활동방향을 모색하는 가운데 민주공화제로 마음이 기운다. 이에 유신회를 해체하고 공화정을 지향하는 베트남광복회를 조직하기로 결정한다.

**3월[음력 2월]**, 베트남광복회 조직, 총리를 맡음.

총리를 맡은 판보이쩌우는 이해 여름과 가을에 걸쳐 여러 가지 어려움을 무릅쓰고 베트남 국기 제정 외에 「베트남광복군

방략(方略)」 출판, 베트남광복군 군표 인쇄 등 베트남광복회의 활성화를 위해 진력을 다한다.

**4월[음력 2월], 난징으로 가서 쑨원을 만나 상의하려 했으나 여의치 못함.**

베트남 해방에 대한 원조를 구하였으나 난징정부로부터 만족스런 답변을 얻지 못했다고 한다. 중화민국 내 권력이 쑨원에서 위안스카이(袁世凱)로 이동하고 있던 상황이었다.

**8–9월[음력 7월], 진화흥아회(振華興亞會) 성립대회 개최**

중화민국의 지위를 높이고 동시에 베트남 혁명을 추진하기 위해 진화흥아회를 조직하고 동아시아의 단결을 호소하는 장정(章程)을 작성해 배포한다.

**9–10월[음력 8월], 베트남광복회 조직 개편 단행**

이때 무장폭동(식민지정부 요인 암살계획)을 통한 투쟁을 모색하였는데, 안중근(安重根)이 하나의 모델이었다고 한다.

---

**1913년**
**47세**

**1–2월[음력 1912년 12월], 박키(北圻)에서 폭탄테러 발생. 프랑스 당국이 사건의 배후로 판보이쩌우를 지목, 중국에 그의 인도를 요구**

당시 중국은 민주공화제를 부정하는 위안스카이가 정권을

잡고 있었기 때문에 끄엉데가 가서 위안스카이를 설득해 판보이쩌우의 인도를 만류한다.

**8월[음력 7월], 프랑스 식민당국과 롱지광(龍濟光)이 끄엉데와 판보이쩌우를 체포해 압송하는 문제를 협의하고 있다는 첩보를 입수, 그러나 광복회 운영 문제로 피신하지 않음.**

당시 판보이쩌우는 광둥에 머무르며 베트남광복회를 이끌고 있었다. 하지만 이미 6-7월(음력 5월)경부터 롱지광이 광둥진무사(廣東鎮撫使)로 취임해 프랑스와 우호적 관계를 맺게 되면서 베트남광복회는 어려운 처지에 빠져 있었다.

---

**1914년**
**48세**

**1월 19일[음력 1913년 12월 24일], 프랑스령 인도차이나 총독부(佛印總督府)가 광둥독군(廣東督軍)에게 광둥 지역의 베트남 혁명당원의 체포를 요구, 롱지광이 판보이쩌우를 체포.**
**동시에 베트남광복회 해산령이 떨어짐.**

목숨이 위태로운 지경이었으나 베이징의 내각총리 두안치루이(段祺瑞)의 구원활동으로 위기를 모면한다. 이때부터 1917년 3월까지 수감된다.

롱지광이 판보이쩌우의 인도를 거부했다고도 한다. 그 이유는 당시 롱지광은 윈난(雲南)의 군벌 차이어(蔡鍔)의 토벌을 계획했는데, 토벌에 나서는 그의 군대를 하노이윈남철도를 통해 수송하고 싶어 했다. 그래서 그는 프랑스 측에 윈남철도의 차용을 판보이쩌우의 인도 조건으로 내세워 교섭한다. 프랑스 측에서 거절해 결국 그를 인도하지 않았다고 한다. 하지만 판보이쩌우는 이후 3년간 광둥의 감옥에서 생활하게 되고 광복회도 이 사이 그 기능을 상실한다.

롱지광은 그를 관음산(觀音山)에 감금하고 베트남인들의 방문을 일체 금지시켰다고 하는데, 광둥성에 이러한 이름을 가진 산이 두 곳 있다고 한다. 실제 그가 어디에 유폐되었는지는 〈연표〉의 기록에서도 불확실하다.

**8–9월[음력 7월]**, 유럽에서 세계대전이 일어날 조짐이 있다는 신문을 보고서 베트남 독립의 적기가 도래했음을 직감하였으나 아무것도 할 수 없는 자신의 신세를 통탄함.

---

**1917년**
**51세**

**4–5월[음력 3월]**, 롱지광의 군대가 광둥에서 밀려나면서 자유의 몸이 되어 상하이로 감.

당시 롱지광이 하이난다오(海南島)로 패주할 때 그가 석방된 것인지 탈주한 것인지 어느 기록에도 명확하게 나타나 있지는 않다.

**6–7월[음력 4월]**, 광저우로 감.

이후에도 상하이와 광저우를 오가는데, 프랑스 관헌의 밀정이 끊임없이 그를 위협했기 때문이라고 한다.

**8–9월[음력 7월]**, 5월에 일본에 갔다가 다시 항저우(杭州)로 돌아옴.

일본에 다시 가게 된 계기는 이렇다. 끄엉데의 뒤를 쫓아 일본에 건너가 있던 레즈(Lê Dư)가 판보이쩌우에게 일본으로 오면 매달 2000위안을 용돈으로 주고 행동의 자유를 속박하지 않겠다는 제안을 한다. 프랑스 측근인 레즈가 왜 이런 제안을 했는지 의아하기도 했지만 그는 당시 베트남으로의 귀국을 결의하면서 그 여비가 필요했다. 또한 일본인 이누카이나 후쿠시마 등과도 만나 혁명당 원조와 관련해 상의하려는 생각에 제안을 받아들이는 척 일본행을 단행한다. 하지만 막상 일본이 구미열강의 뒤를 쫓는 일개 식민지주의국으로 성장하고 있는 모습을 보고 자신의 생각이 어리석었음을 깨닫고 항저우로 돌아왔다.

이후, 항저우를 출발해 중국 남부 내륙을 유력(遊歷)함.

같이 여행했던 쩐흐우꽁(Trần Hữu Công)은 이 일을 1918년(음력)7월 17일로 기록하고 있다. 1년여의 차이가 난다(자료 〈Overturned Chariot〉).

---

**1918년**
**52세**

3월[음력 1월], 유력을 마치고 다시 항저우로 돌아옴.
판바억(潘伯玉)과 레즈가 찾아와 '프랑스베트남(佛越) 제휴정책'을 두고 회유함. 판보이쩌우는 전략상 수긍하는 척함.

신임 프랑스령 인도차이나 총독 알베르 사로가 파견한 판바억과 레즈가 찾아와 프랑스베트남 제휴정책 등 사로의 베트남지배가 베트남인들에게 도움이 되는 일이고, 또 그들은 더 이상 광복회를 경계하지 않는다고 설득한다. 이때 판보이쩌우는 프랑스 본국이 전쟁으로 혼란한 틈을 타 베트남으로 귀국해 독립운동을 보다 광범위하게 도모하려고 계획했다. 이에 작전상 적의 제휴 주장을 받아들이는 척했다고 한다. 그리고 그 대가로 사로에게 베트남으로 귀국할 때 자신의 안전을 보장하라는 문서를 판바억을 통해 건낸다. 당시 '獨醒子' 라는 이름으로 서명을 했다고 한다.

**3–4월[음력 2월]**, 일본에 가서 아사바 사키타로(淺羽佐喜太郎)의 기념비를 세움.

동유운동 당시 베트남 유학생들을 물심양면으로 적극 후원해 준 일본인 아사바 사키타로(1867~1910)의 부고 소식을 뒤늦게 알고 시즈오카(静岡)로 간다. 기념비는 높이 2.7미터, 폭 87센티미터의 대규모로 '1918년 3월 베트남광복회동인'의 이름으로 새겨져 있다.

**5–6월[음력 4월]**, 항저우로 돌아옴.

이후 그는 8월 무렵부터 항저우에서 발행되는 「병사잡지兵事雜志」의 편집을 맡기도 한다.

**11월** 무렵, 윈난(雲南)을 경유해 베트남으로 귀국하려 함.

그러나 도착하자마자 '독일 항복, 프랑스 승전' 기사와 함께 시가지에 걸린 삼색기와 중국기를 보고 실망하여 베트남 입국을 그만두고 다시 항저우로 돌아간다(자료「潘佩珠小史」).

---

**1919년**
**53세**

**6–7월[음력 5월]**, 알베르 사로가 보낸 특사 네론(Néron)이 찾아와 회유하려 하지만 이를 거절함.

네론이 들고 온 알베르 사로의 편지는 혁명의 의지를 버리고 프랑스베트남 제휴를 인정한 것에 대해 사람들에게 보여줄 글을 써달라고 요구하며, 이에 상당하는 요직 혹은 후한 사례금을 준다는 것이었다. 판보이쩌우는 모든 제안을 거절하며 자신이 프랑스베트남 제휴를 받아들인 것은 결코 총독부가 하라는 대로 베트남인이 움직임을 인정한 것이 아님을 표명한다. 그러나 이 일로 인해 판보이쩌우가 프랑스와 제휴하려 한다는 혐의를 갖는 사람이 많아졌다고 한다.

**7–8월[음력 7월], 항저우를 떠나 베이징으로, 그리고 일본으로 감.**

1919년에서 1922년 사이에는 특정 목적 없이 항저우, 베이징, 광둥, 조선 등지로 여행을 다닌다. 중간에 조선을 거쳐 일본으로 가서 도쿄에 있던 끄엉데를 만나기도 한다. 여행 중에 조선혁명당원으로 오인되어 잠시 체포되는 해프닝도 일어난다.

특히 중국에 체류할 때는 저술에 집중하거나 신문, 잡지에 원고를 써서 중국에 와 있는 베트남 유학생 몇 명의 생활을 돌보기도 했다. 당시 혁명파 청년이 베트남 국외로 나와 유학할 곳은 중국밖에 없었고, 그들이 중국에 오면 반드시 선각자인 판보이쩌우에게 연락을 했기 때문이다.

---

**1920~1921년**
**54세 · 55세**

**1920년 12월~1921년 1월[음력 1920년 11월], 소비에트 사회주의자가 베이징대학(北京大學)을 방문한다는 말을 듣고 찾아가 당시 총장이었던 차이위안페이(蔡元培)를 만남.**

**또 차이위안페이를 통해 소비에트 방중사절단장과 북경주재 소비에트 대사를 만남.**

대사는 그를 환대하며 베트남 청년을 모스크바로 유학시킬 것을 권하고 그 원조를 약속했다고 한다. 그러나 그는 항프랑스독립이 먼저이며 베트남에서의 공산혁명은 아직 사상적으로 시기상조라고 생각해 교섭을 오래하지는 않았다고 한다.

---

**1922년**
**56세**

3월[음력 2월], 항저우로 돌아옴.

---

**1924년**
**58세**

8월[음력 7월], 광둥으로 가서 폭탄 테러에 대한 베트남국민당의 선언을 써서 발표. 추도문 「열사팜홍타이전烈士范鴻泰傳」 저술

6월 19일(음력 5월 18일)에 팜홍타이(范鴻泰)가 인도차이나 총독 마르샬 메를랭을 폭탄 테러하는 사건이 발생했다. 광저우 프랑스조계에 있던 빅토리아 호텔에서 열린 만찬에 잠입해 폭탄을 던졌다. 팜홍타이는 베트남의 안중근이 되고자 맹세했다고 한다.

팜홍타이의 의거 이후 베트남 지사들이 다시 광둥으로 모여 혁명의 기운이 고조된다. 판보이쩌우는 이때 몇몇 지사와 만나 베트남광복회를 해산하고 새롭게 베트남국민당을 설립하기로 도모한다. 그리고 국민당이 성립하고 얼마 지나지 않았을 때 호치민(阮愛國)이 모스크바에서 광둥으로 돌아온다. 판보이쩌우는 호치민과 만나 혁명운동에 대해 장시간 토론을 하고 많은 시사점을 얻어 새로운 운동을 시도하기 위해 조직한지 얼마 되지 않은 국민당을 개조하기로 결심하게 된다.

**1925년**
**59세**

7월 1일[음력 5월 11일], 항저우에서 기차를 타고 광둥으로 향함. 그가 탄 기차가 상하이의 북쪽 정차장에 도착했을 때 돌연 프랑스 요원에게 체포되어 그대로 프랑스조계로 이송됨.

이 소식이 베트남에 알려지자 많은 지탄의 여론이 일어난다. 7월 2일의 일로 나와 있기도 하다(자료 〈Overturned Chariot〉).

이후 11월 23일, 베트남으로 압송된 후 하노이법정에서 종신징역형을 선도 받음. 유화정책 등에 의해 감형을 받아 후에에 연금됨(자료「潘佩珠小史」).

『판보이쩌우(Phan Bội Châu)』(1956년, Sài Gòn)를 쓴 테응우옌(Thế Nguyễn)에 의하면 재판은 1923년 4월 하노이호텔에서 발생한 폭탄 테러사건 외에 8개의 항목을 이유로 구형되었다고 하는데, 피고인 판보이쩌우가 이때 재판장에게 다음과 같이 대답을 한다. "만약 내가 유죄라고 한다면 다음에 드는 네 가지 죄상 때문일 것이다. 하나, 정부는 베트남을 보호해 왔고 어느 누구도 이에 반대하지 않았다고 하는데, 나는 반대를 했다. 베트남의 독립을 희망했기 때문이다. 둘, 베트남은 옛날부터 지금까지 전제정체(專制政體)였는데 나는 베트남이 하나의 민국(民國)이 될 수 있기를 희망했다. 셋, 국가는 외국에 유학(遊學)하는 것을 금지했지만 나는 몰래 출국하고 다른 사람에게도 외국행을 권했다. 넷, 나는 이전에 책을 써서 베트남 민중이 봉기할 수 있도록 고무하고 정부가 정치를 개량하도록 요구하는 일을 나의 천직으로 삼아왔다."

그리고 재판장이 "피고는 보호정부의 정치에 반대합니까, 아니면 베트남의 정치에 반대합니까?" 하고 묻자 "내가 반대하는 것은 보호정부의 정치이다. 도대체 베트남은 어디에 국가가 있고 어디에 정치가 있다는 말인가. 내가 베트남 정치에 반대할 이유가 없지 않겠는가……."라고 대답했다고 한다(자료「潘佩珠小史」).

그의 유죄판결에 다시금 민중이 들고일어나 복월회(復越會)의 이름으로 인쇄된 판보이쩌우 체포와 유죄판결에 반대하는 유인물이 곳곳에 뿌려졌고, 가두데모를 비롯해 석방을 요구하는 전보가 총독 앞으로 쇄도했다고 한다. 이러한 베트남인의 반응에 총독은 그를 석방하게 되는데, 대신 하노이에서 후에로 호송시켜 연금한다. 이후 삼엄한 요원들의 감시 속에서 15년간 가택연금을 당한다.

---

**1940년**
**74세**

10월 29일, 세상을 떠남.

한 달 전 9월 22일에 일본군이 북부에서 진주하기 시작할 무렵, 판보이쩌우는 병상에 있었다.

『潘佩珠年表』(漢南研究所 소장본)는 뒤에서부터 시작됩니다.

# 潘佩珠年表

潘佩珠年表

Phan Bội Châu niên biểu

3 『潘佩珠年表』(漢南研究所 소장본)

範蹺咥同志鄧泰梅。
来歷卷潘佩珠年表。
𢧚得伴𠶀具潘回小史徐曙衡𣳔。𦓡𬃰𨤔𪧘丨𢆥迻具潘𡢻𠇍。
具潘悼被密探燦茹𥘀誅。𡢻𢭸丕文計底爐政權法吧南朝。
徐曙具衛聅弟拱固迻迻舡五青少兒孝𡪇儒。具𡢻𥘀文捲範𡫡貼
孝生、論曾詞吏。拟最𨤔辰回。創吏棟吏如𡫡。回特分弟遠來伴
至切貼。為罒本草緘固𢧚墫沛捒𢬣攝吏𢂞𠀧𡗶。為世𡀯摺固

※ 쯔놈으로 작성된 간략 해제

分浮具潘囷分窄具黃(分點)。具潘讀。遼具黃攝吏。為室讀特(撕
撕趍)。踴輪桃𠦳冊畧貼具潘。拶尼毎譯墨攝吏室棟事寔。只囷爻
点勤檢查吏。
眜於囙𡨹東畧𡗋雲南。𦋦雲南僥達城據法咹
𣛠勝陣进冡一进參八。𨀒意見同志鄧泰梅辰囷鍾室沛咹𣛠勝
陣。廣畧咹𣛠美参加戰爭𢲫爻𢯕𢭝琳进𠸼。
欺具誅。𣎃哥具畧潘兄拶拶尼徐化衛又。眜革命成功拶尼傳𡗋
徐䌷尼𠉞䌷恪。點𠉞䌷阮敘營(尚未休致於南坛隔茄具潘𨁟橫數)。

阮叔營國朱攝𠃩謄本。

𢆥㕸𦒹於𡎝林南五進㕸同志鄧泰梅衛附責大學吧區教育區畢。

姑𡛔同志梅羅鄧氏素𡞕翁潘元朱別捲尾於茹𦙫營同志梅

𨿽吧謨捲尾。旁欺意嬰素国逸朱同志梅㕸瓦銅壺菓橋(現於

宝藏)。捲尾同志梅交朱書院科學。

𧦕蹺唏同志梅𢭸進𢄂腩進㕸𢆥㕸𦒹於𡎝𢭸進㕸。

# 序

予自海外徒(俘)還[struck]（束身）囚圄得與數十年形離影絕之親朋（蒙國民逼愛……幸保殘生。）同志重聯敘舊緣。凡愛予者責（惡予者）望予者。知予者（與不知予者）咸欲悉潘佩珠歷史之始末。嗟乎余之歷史。百敗無一成之歷史耳。流離奔播。幾三十年。連坐之誅（累）。殃延郡國。黨錮之獄。毒流朋[友]（同胞）。每半夜撫心。仰天揮淚。蹉跎二十（餘）歲。辜負鬚眉。翹望無在之英雄。有甚饑渴。夫古來豈新革故

之交。掃蕩澄清之後。無失敗而能成功者曾有幾何 法蘭西共和民主國經三四次革命而始成 其明証也。吾儕當鑒於已往之覆轍。思改良其所以敗者。急籌畫其所以成。求生路於萬死之中。確定宗方針九略[illegible]之後。机事必密則無破綻之憂。心德必同。以圖洗血之策(素)藥(西書有云。不以血洗血則不能改造社會。)其(有)爲成功之一日易如反掌。然則潘佩珠之歷史。寧非後起者之前車哉。

蒙親朋過愛。要促再四。謂汝必及其未死。(速)修汝史。爰奉

命而草是編顏曰—潘佩珠年表

自判

余之歷史。固完全失敗之歷史。然其以(所)得此失敗者。痛處

誠甚顯(著)而其所可自豪者。亦不敢謂其全無。今於表之正編

之前。特摘舉其大概。畧有數端如下。

一自信力太彊。謂天下無一事不可為。此為不量力量德之罪。

一対待(方邊)人太真。謂天下無一人不可信。此為無機警權術之罪。

9 『潘佩珠年表』(漢南研究所 소장본)

一料事料人。惟注意於其大者乃忽微行細故。多任真率意
行之。往々因小故而誤大謀。致為防碍不小心之罪也。
以上最三者。其最大病痛處也。餘姑心誅不能盡述。
一冒險敢為。常存雖十萬人吾往矣之概。而於壯年辰尤甚。
一與人交接。苟得片言之善。亦終身不能忘。而於患苦序
責之辭。尤所樂受。
一悉生所營謀專注目的期最取勝於最後之五

分鍾。至於手段方針。雖更改而不恤也。
以上三者。每自謂為足錄之寸長。知我罪我者。皆所承
認也。以下依年表体畧分為三紀。第一紀為予微
時。辰雖無足述。然予一生所從來不敢忘也。第二紀為予
壯年。在予未出洋之前。所潜養密謀陰結豪傑。種
種行動。悉載是间。第三紀則為予既出洋以後之歷史。
年表第一紀

我國阮朝嗣德二十年丁卯十二月。余父潘文譜先生〇〇
嫻女士。生予於雄山藍水間之東烈社沙南村[村]為母墳
余世業讀書。素清寒。暨予大父沒。家益落。幸予父為
辰通儀。硯田筆耕。僅足自給。[父]年三十。予母歸。[父年]三十六而生
予。予生之襁年。為我國南圻亡後之五年。哌々一啼声。
已若警告曰。汝且將為亡國人矣。註 雄山俗稱道山。梅黑
帝抗唐兵。兵敗遁至此山而崩。山有帝陵。故[後]人改稱雄山

年三歲。予父攜予歸祖村。屋於墓山之南。即今予所居之家。春榔村總丹染村也。予父嘗遠遊客業塾館師。予生至六歲。撫育教誨。皆予母獨任之。母性極仁慈好施。家雖貧。然親朋鄰里遇有急難。力所能施者。一文一粒亦必割與之。撫予幼辰半句語亦無苟率。予侍予母十六年。絕不聞一罵詈人之聲。有以橫逆來。付之一笑而已。母幼隨諸兄讀書。能熟記至死不忘。予之(四五)歲辰。不能識字。乃能誦

經周南數章。蓋母口授也。年六歲予父帶予至塾館授

漢字書。纔三日。讀竟三字經。背讀無遺舛者。父異之以

論語授予讀。習寫(寫字)文。且令寫所讀書。每一課讀至十餘張。

家貧。紙不能多得。用芭蕉代紙。寫熟即焚之。

年七歲。授以諸經傳。皆能畧解其義。嘗倣論語。作潘先生

論語。多誨訕笑孝友之詞。父見之。痛鞭予。遂不敢復為作戲。

年八歲。能作時俗短文。應鄉里府縣小考。輒冠其軍。

年九〃歲。時嗣德二十九年甲戌。文静同紳豪起義。以平西名曰、

號召諸府縣。渠帥爲清漳秀才陳縉、演洲秀才杜梅、河静

秀才黎鏗。予聞其事。亦聚塾中諸小兒。竹筒爲礮。荔枝

核爲彈。作平西戲。被鞭責極甚。然不之誨。蓋喜動好奇其

素性然也。年方（甫）十三歲。已能作近古詩文。多爲鄉村老塾師所不能解。

予父欲命予就業於諸大先生之門。然鄰社村無大塾館。以貧

故不能遠遊。仍隨父塾。兼請業於春柳阮先生之門。先生諱喬深

於漢字(学)。以夆人補編修。旋棄官。仍乞隱居授徒。得予甚(學)

時為予借諸大家藏書。令予讀漢學之文。因是大有得。惜辰

尚埋頭於科舉腐文。無足錄者。

註 昔辰為科舉腐文。決非漢學之罪。今日為奴隷劣文。亦決

非西學之罪。環境黑暗。生埋幾多年少聰明。可勝浩歎。

年十七歲。時為嗣德(二)十六年。癸未。北圻全失。寧平以北義

澤(兵)蜂起。予亦豪興勃發。欲響應北圻諸義黨。然

無可為力。乃深夜挑燈。草平西收北文檄。潛粘於官路大樹上。冀有所警動。然身賤言微。空文亦無更影響。檄揭数日全被行人撕滅。無一附和。予始悟時名之不可不立也。於是力攻科舉之文。文名益噪。疊中省覈。元年十八歲。時為建福元年甲申。予母於是年五月棄予。既予丁母憂不得應試。家境又極困苦。二幼妹失養。予鬻文兼口饔。予糊口於筆耕。乃自是始。年十九歲。辰為咸宜乙酉元年。其年五月。京城失陷。七月。法

兵八又安城又。靜紳豪。悉奉出帝詔起義。爲合民兵。擬腦愛
碑。大義所激。亦云愚忠。而予於是時洵乃始孝爲兒戲可笑之愛國
兒戲。先是官吏紳豪。皆募鄉勇。結團兵。斬木揭竿。遍布
山野。予以一試生。扼腕不能禁。乃奔走鼓動諸孝友。予友陳誉
後中擧人不隸仕籍首贊成之。得黨覺六十餘人。指組爲試生軍。然隊長一
席無充任者。蓋其事寔唱自予。而予於黨中年最少資
淺望輕。力弗敢肩。無可柰。則與陳君諧擧人丁春充

家。力從恿出任隊長。丁頗有義氣。諾之。遂造名冊。定軍號。然械餉俱無從之出。方造捐簿。謀製械。未及旬。法兵追之驟至。焚燬射殺。虐焰薰天。党人皆心灰胆寒。詬責予與陳君爲惡戲。予父又嚴懲予。予遂請丁燬名冊。取消試生軍。幸事尚密。又速毀。無被覺者。是舉也。寔大兒戲。然予因得一良教訓。知凡欲如爲英雄。必潛有所養。欲圖大事。必積有所謀。躁進輕動之徒。暴虎無能爲也。自是之後。十凡餘年。予專從事於

修養。一方面、益致力於時尚之文藝、思博一名。務厭俗套以與
豫為他日馳騁之地步。一方面、潛求古兵家戰國之策籍。如孫子十
三篇武侯心書。以至虎帳樞机兵家秘訣等著。皆於深扃密
室手寫而熟玩之。以豫為他時實行之摹本。
年二十歲。張時為同慶元年丙戌予一生革命之志願。寔發
始於是年。憤賊疾仇。有觸即吐。因極慕繙梅所為。首
著一書。顏為双戌錄。前編詳紀甲戌文靜起義之役。

後編畧紀丙戌文静勤王之役。並謚附短評。極稱曰頌縉梅。二公原以逆渠受戮者。幾不齒於社会。予首錄之。予朋徒竟力逼予燬其稿。然予又因是得一良教訓。嗟乎。青價未騰。羽翼未就。而所欲夢想者遇於旦夕。雖空言且難哉。況寔行乎。

年二十一歲至三十一歲。此十年中寔為予蠖屈雌伏之辰代。其故有二。一為家庭苦境所束縛予家自高祖而下四代俱單

丁。父以孳子承家。予亦終鮮兄弟。父老病貧纍。依予為命。予又天性篤孝。故凡有連累及父之嫌者。予一切避之。因是專業授徒。及賣文。得金頗豐。晨夕供之。父賴以無缺。囊中所餘者。則盡移為結客之需。凡綠林亡命及勤王黨餘朋。皆樂與予為秘密交。予後來失敗之胎。寔結於是時。而予一生大得意之媒妁。亦於此十年中遇之。造物者之磨

成個人。信良工心獨苦矣。

一為文章命途所困厄。予幼知讀書。粗曉大義。素不願為鄉人嘗誦每飯不忘惟竹帛立身最下是文章之句阮愛國君年十歲時。謂予醉甲浪吟此句。今尚能追述之然念思志亦赴鄉闈。文俳場甲。乃得一掛名優籍。予料鄉解時。有自賀云。不如意常八九事。愁生簾外西風混窃吹於

予故友台山先生極喜頌此句。

三百人愧死門前南郭。予之鄙薄俗名固如是矣。予一生最得意之死友有二人。一海崑鄧君蔡紳令稱

為漁海先生。一廣南阮君珹。今升為小羅先生。介紹鄧君於予者，為文字之緣。介紹阮君於予者，為勤王餘黨。因異而一果同。聲氣之招徠，諸亦甚巧矣。

初予窮巷授徒，問字者致百餘人，每講書授課，輒反覆於古仁人志士之事，而黃潘泰先生、潘廷逢先生歷史，尤津津樂談。冀有所感，然鄧泰君領會最深。予所著憤嫉俗之文，及納叛招亡之事，秘不使人知者，鄧君必預知之。

君與予為文字友凡有十二年與予為革命友凡十一年
雖以失敗終然殺身成仁不污賊手予慙負君多矣
先是咸宜乙酉年京陷駕奔勤王黨雲起水湧乂靜
則羅山縣潘公廷逢為之魁凡十一年南義則清河阮公斆
為之魁亦四年始熄予辰以年輕翼薄又家無次丁故不敢
露頭角然潘公廷逢餘黨諸頭目予皆陰結納之義
贊襄香山阮周義督办宜春河文美義副領吳廣

義曾竒黎賀以至隊渭隊桂之伙皆為予秘密友而阮陶尤與予綢繆蓋此君為潘公党中重要員嘗與清河阮党諸友通往還檜卷小羅先生之為人每為談南義黨事必盡贊其人予於出洋前三年始與小羅面謀而精神上之交已十餘年之久矣其後一見心傾提挈予最力寔是先為容者為勤王党人

1897 予三十一歲時為成泰捌年丁酉予干怅挾文字入場爭終身不得應試之案因浪遊北圻又走順京館穀於安和武公之家

公武伯合君之令嚴也。授徒暇。以文章結識諸名人。國子監祭酒叫先生深祈器重。台山鄧元謹先生至是始訂金石交。梅山阮尚賢先生讀予拜石爲兄賦。有句云三生塡海之思。未忘將伯。一片補天之力。又是逢君。大賞予。出所藏疇庵阮魯澤先生文。甚授予。予讀天下大勢論。現世界思想乃寔始萌芽。又借予以中東戰紀普法戰紀瀛寰志畧等未。予因畧曉寰海競爭之情狀。國亡之慘。種滅之憂。益大有激刺。先生又爲予黨談曾公援虎之義勇。予心

藏其人脫籠破樊之思乃於是萌動雖阻於環境鬱鬱未伸。然藏器待時日。力伺机会又逾二年而予更發展其所欲爲矣。

## 年表第二紀

1900

年三十四歲。爲成泰庚子十二年予料鄉試既有所假借以掩飾俗眼而予父又於是年九月以七旬終。家庭重負一擲而輕之。予乃始著手於實行革命之計畫。予初與魚海等諸同志密有所圖。可分爲三大計畫。

其一為聯結圍林。舊勤王餘党。及諸山林健兒。唱起義兵。目的專在於討賊復讐。而其手段則必以暴動為首難。

其二為擁扶盟主。於是皇中親立之。陰結當路有力者為援應。且糾合南北諸忠義之志士。謀同辰大舉。

其三為依以上二計畫。如必須外援時。則為出洋求援之舉。而其目的專在於恢復越南。設一獨立政府。除此外尚無若何之主義。

辛丑壬寅二年間。為寔行上策第一之條件之計畫。予乃辞

謝諸舘主。而設帳授徒於本家。表面則聚徒評文。裡面則集党議事。贊同副吾以至白遙廬徒如檢共等黑竜寨友如徒北奇輩皆往来雜沓於予家。有間則往清乂靜諸边蛮地結納綠林之豪。琴毛諸頭目皆通款訂盟焉。辛丑年夏。予與羅山潘公伯玉志友王叔李先生及逢党阮宜春陳海等凡數十人。謀於法国共和紀念日以短兵奪法械。意表取乂安城。至日有人去城下。因內応愆期。事竟中止

以是故党謀頗洩。為探阮悟偵知之。告密於公使。座幸是侯督
陶進義予所為。力袒護之。竟未失敗。予自是乃專意於陰求
內應之策矣。
壬寅年秋。予曾一度派人往北圻。赴安世縣蕃昌屯謁黃將軍
花探。此行為贊閭與予門弟某君。黃以來者皆生客。不之信。竟
不得要領而還。是年冬十一月。予欲親往謁黃。因北圻珥河鐵
橋路成。開博覽會。予於陶督給予以赴会文憑。遂遍遊

北圻歷訪前義之士遺存者南定前督辦孔君又於是時
為北圻密黨之巨擘予每北途必宿於其家予既至
蕃昌屯。止從者劍鋒阮灋於屯外。而予單身入屯。時
黃公健將公子營公子璜與公長男重辛部下裨佐軒
齊輩以禮款予。予宿屯中十餘日。然黃公方病中。但
令公子重代面接予。且期以後會。謂如中圻能首唱大義。
公亦樂為應援。軍先是人靜人從北來。多道黃公寔無

一人深察其内容者。及予至屯。歷覽屯次。始知黃公威令
行於上游攸縣。儼然爲我國亡後之一小独立之區。公起身
孫寒。初本牧竪。投勤王党。爲一戰卒。以戰功累陞至提
督。屢挫法兵。法人百計誘之。終不屈。適法人方經營
越桂鉄路。而諒山北江間。時被公党兵襄擾。鉄軌不能敷
法人苦之。乃與公講和。以上游一縣四總割与公。定爲八年一修
換之條約。丙戌二年間戰役。公聞名於歐亞各國。使俄

我國億萬人一心。公何遽不如華盛頓加里巴的。
1903 癸卯年春。為實行上第二條之計畫。乃以入京坐監為名。
則借便遍遊平治南義。以至南圻諸轄。求多得同志者。
則陰與皇系中人密相周旋。求得列先生黎扒壯尊其人。又一
面則於當路中人。求得一二爲左袒者。謂此中或有張留侯狄
梁公在也。嗟夫。今日之敵國情勢大與殊昔。而現時之奴隸
之戲場。又大與昔異。予此計劃計誠過拙且奇愚矣。

予抵京入監幾旬餘。即与阮冏遊廣南升平。訪小羅先生。

先生一見歡如平生。心談至徹宿。因介紹皇系一人曰宗室𤩰

者。蓋擬刋玄德之計。先生寔先我等之。及既遇𤩰則予

頗不大滿意。予欲求更優者。如無之乃及𤩰。𤩰嘗以陰謀

光復被逐。逃入廣南小羅收藏者。既五六年。然視其人器識

亦近俗。予故不悅。小羅謂予曰。吾輩起事。先收人心。現辰

一般思舊之徒。尊君討賊外。尚無若何思想。楚懷王黎

莊尊不過英雄起事時之一種手段耳且圖大事必須得大
室宗金錢。而我國金錢天府寔為南圻南圻為阮朝淵
托(拓)之地。戴阮甚深。嘉隆復国財力皆出於此間。今若得嘉
隆正系擁而立之號召南圻必易為力。予為南圻(義)首党虛窃
重名有所行動。踪跡易敗君以坐盟寓京當就近物色皇系
中人高皇正系為東宮之裔苟求得之此下甚第一着(着)也予然之。
既則就京盟。遇皇系中人必留意焉。協和餘蘖同慶

正儲。皆耳目及之。然未有心投者。矣之訪知東宮英睿皇太子尚有嫡嗣孫曰畿外侯彊㭽。乃与予友琼瑠阮浹君以風水星命師為緣。詣安昌河边之侯邸宅。初以相命餂之。知其人頗藏甚大志。乃告以所圖。則应曰諾。遂定盟焉。予復奔告小羅。約以是年二月日。会見圻外侯。於前布政范公之席上。二人甚相得。繼乃由圻外侯介紹予於承天陳府尹。又安謀某總督。皆竊許焉。然陰結當路者之計畫。尚無端

緒予乃著琉球血淚新書自呈於濰川胡公麗（時為兵部尚書）乃由公介紹其書於部覺院閣諸長官衆閣院僚吏部院述皆招予至署與予畧談會有慎言防村之意予復詣胡公欵談久之歎息謂予曰事尚可為時無人及想今萬事俱不自由復何言矣胡於官塲中為佼佼者然所得僅如是他何望焉前所計畫已歸無望然目靡得虎意魚蒸殊事有出於望外者

胡公得予所著書。即命门下屬吏遍抄之。且以賍同鄉諸紳士南義孝子爭傳誦焉。西湖台川(咸平)諸志士因是与予成大莫逆。乃志(至)五郎幼趙諸志友咸以此辰知有予。琉球血淚新书所介紹之賜也。書分五段。前一段痛言國亡權喪之辱豫陳將来結局之極慘奇村中三段詳言救急圖存之策。一開民智、振民氣(民氣)、植人才。末一段則期望於當路者以不朽事業勉屬之。

書既行小羅謂予曰君今可以行矣乃為予構通行欵券
給行鑑令其徒名晋者與予偕先是予歷閱朱篤七山陳
視之名謂遂徒之雄而投於禪者欲一晤其人因遍訪張
定胡勲之餘燼或有存焉者不且先容斥外侯於南圻義
民以預為号召辰之準備
1903
癸卯年正月旬予抵柴棍遂留旬日乃遍歷六州諸轄
隨處運動月下旬至七山訪陳視於山寺其人言談慨

㨾。年逾五十。貌尚倔強。前曾以叙次被法嫌与下獄旋得
釋。乃入寺為遊行僧。噫亦戴宗溥須周之儔也。以斯外僕事
告。彼歡甚。約予於來春詣京謁侯。陳晤予時有一句語。予至
今不能忘。彼云凡秘密事。歎有所謀。宜於青天白日下空山
曠野中談之。不宜於深夜密室。蓋深夜密室之中。耳目不
能及。遂難於提防。徒予偵察者以机会也。
予自七山回至沙的。遇一人曰記簾。价紹會同阮誠憲於

予此公後亦出洋共予爲同事凡七年餘旅香港爲圖行刺事。竟被法人捕獲以歸死於河內之獄噫公者亦南中之奇士歟。越明年正月下旬予離南中此行雖無功然予出洋後得助於南圻者居多則亦此行之結菓也。

甲辰年二月予自南中緣陸路經過富安平定遍尋諸有志者聞平定有名盲腿原海陽之豪以千奇童案被發身流河僊途中脫投歸仁自抉其眼官爲訂解遂

寓於是。討人不肯族姓名。但使人呼之為腿。蓋此君失敗後憤而
自貶之名。予訪所寓辰。則於三日前死矣。予大哀。輓以聯云。聞所
聞而来。湖海姓名令我愛。悲莫悲乎此。江山豪俠幾人存。
予聞通言學亦流寓於平定省边蛮地。欲往訪之至符吉
縣。則見法兵六十餘人。擁扛被過縣。但遥於視。不能通一言。他
年予出洋。至香港。聞得此君一奇事。嗣德年间。君附洋
商船至港。訪得清遞擄掠我國婦人女凡九十餘人。賣

与港商君熙英文善英語遂以事陳訴於薩港英督英官
為給資遣送被綜擄者歸還我國我朝廷賞君以九品銜君不
受後竟以潛謀革命得極刑嗟夫有此人才有如此位置道国能不亡乎
予還至廣南宿逕小羅西宅僅一宿夕復返京蓋避生人面又恐
招人怨疑故也是年三月會試予落第二場於其日潛走
廣南會七山陳視於小羅宅即偕陳視赴京師謁圻外侯。
復偕陳赴廣南會烏家程公賢等數十人等進行策。

陳承謚南囬等欵事。而予再往北圻。約以四月初。請圻外侯潛赴是間。洞睦席密洄会。予辞別小羅。又遍走各地方。陰結廣平以北諸教徒。具通謨。永具傳。美祐具通具玉廣平琼瓏。皆以此辰疏通情素。良教岐視之与雲黑霧一掃而空之。亦快舉也。此事吳廣寔為奉行最力之人。甚吳於失脚後。嘗隸名於教徒籍中。今携予俱。熟路輕車。更沔得如意。所以予出洋後。教民扶義

之力為多。至期為四月上旬予赴会圻外僕亦蒞焉。全者

預会者凡二十餘人。小羅宅外賓數國家僮鄰役覘為故常。

而小羅又巧為英雄欺人之技。雁鳥偎遂無覓者。以襄洏

会逾年而散。会名但会中人知之不立簿冊章程計畫。

俱口授心傳而已。推圻外僕彊柢為会主。稱呼辰但曰翁

主。禁不得露会字。阮誠潘佩珠程賢黎偶鄧子敬

鄧蔡珅等。偕為会員稱呼但曰兄弟。是日所商

定。其最重要者有三款。一為会勢力之擴充計。要於最近時期廣招党員厚集党費。期籌足各種財材料。一為確定赴外求援之方針。與其手段。一為暴動發難後之接續進行要於最近時期。前二款則以上列各党員協任之。後二款則專委阮諴潘佩珠密籌之。非行人越境後。各会員不得預聞以防走洩。因是之故。予未出洋以前。各会員亦有鮮知其謀者。是日会將散而予之小僮名春者彼前為義提督捧之遺孫余撫之自云十三歲。忽自京盜踉蹌而来。纔入門面予。附予耳。語予以意外之警信。小羅知之。引

予出庭園予告以故蓋於前三日仁京監使爲忽電咨監官叫
癸酒高總栽催予赴座云有所質監官得電俱錯愕予惧
洩謀頗憂之小羅笑謂予曰是無惧彼有所風聞欲探其虛
寔耳若果謀洩則已逮捕安有用催咨爲今君速還京
直赴使座然後回監則彼釋然也予如其言詣使座彼
則屏左右示予一紙爲偵探告密之辭辭俱風傳無寔証
者予隨問隨答彼無以難予彼問予時哀屢注視予面

予神色故無恙。從容辭出。語人曰。欽使但問予君文名噪一辰。何為

更落会試。衆皆信之。予捧腹而已。然自是予之行動益慎密。

終數歲間。諸同志俱尽瘁於党務。前各計畫畧有條緒。而

小羅与予則注全力於出洋求援之事。其切要者。一為經費。

一為外交人才。一為嚮道人。小羅与予謀曰。經費一事。予与山叟

先能辦之。外交人才。於今寔難。既無他人。必君親往。惟嚮道

員予已熟籌久矣。予想現辰列彊情形。勞非同文同種之

邦無肯援我者中朝以已讓越于法況今國勢寡弱自救不遑
惟日本為黃種新進國戰俄而勝野心方張往往以利害動
之彼必樂為我援縱秦兵不出而構械借資必易為力當
為秦庭之泣莫若赴日為宜曾君拔虎自勤王失敗曾是
兩粵又奉國命赴旅順通好俄使好既不成轉往臺灣依
劉永福日本收臺劉敗曾君赴暹假途暹國今潛跡河內
而復習之心益堅予曾前書招南回不日曾君必來行人

之任。一以委之。不患指南無車矣。予於是決計為日本之遊。惟於未出發之前。必須辨完者二事。一為辭別諸志友。蓋前途尚遥。還期無定。不可不為最後之一握手也。一為囑托諸密友。蓋外援但為內力之聲援。苟在內組織。尤宜完全。不可不早謀事前之豫備也。是年七月日。予以賀会樗為名。首由小羅家訪威平黄公宅。適西湖潘公台川陳公俱在座。徹夜談歡甚。予示以將有

遠行之意相視而笑為予祝成功嗟乎此席遂為予

與台川永訣之日一則[斷頭臺上]強權力下血染山河一則湘湖海餘

生精含金石予心事一日未了其何以地下告程嬰哉

是辰曾君援虎自北來總抵小羅家為晤予之第一日君

年外四旬而蒼髯秀骨英氣橫秋一望[而知]其為飽閱風

霜之人也談海外情形甚悉而於當時中華人物尤歷

々如数家珍予晤君喜為天授談及東行事君慨然

願前驅君謂予曰：予二人在外，必須有人以時往返遞消息。藉為內外之線，此任亦非輕，必老練而耐艱勞兼有膽識者，乃能當之。予時以鄧子敬對。小羅亦云然。蓋迴子敬年近四旬。奔走勤王黨既有年。而於新黨革命，亦多出力。魚海翁之叔也。計行既決。然予所未辦完之事，尚須在內數月奔走，始克成行。八月，予再往北圻，晤枚山先生、孔督辦及其他同志。九月，遍謁人靜諸黨友。十月至廣平，約數友諸重要人

如其通其傳等開夜会於巴屯之一教堂此座人多為賢厚之餘党。与法人仇怨頗深及其他則純為孝善秀定所運動而來者。咸願為予等後盾。十一月。辭國子監。乞以瞻月回家。因辭別諸監友約明年再赴監。以俟会試期予坐監凡二年。而監中人与予同志者僅一二人耳。京師学界之所得乃如是哉。

十二月上旬。予偕魚海翁子敬詣小羅宅会諸密友。

如烏耶程公宗室璲朱書同等僅三四人商定分途任事之計畫。出洋求援事。以予與曾君拔虎鄧子敬任之。而內黨進行諸事宜。則全托於小羅與魚海。商畫既定。予於是辭別小羅。萬里之行。寔發軔於是。其後推子敬屢往返於小羅宅。而予及曾君。則成爲是日與小羅永訣之日。嗚呼。劍首交稀。海天途邈。雞鳴風雨。魂夢徒縈。痛何如哉。

次日予回京。詣圻外侯宅告以東行之計且預囑以挾挾出洋之意。侯亦應諾。

十二月中旬。予回家。先是數年間予潛往南北圻逾乂安凡五六次皆不至家。鄉里人但知予在監勤業而已。至是謀將（遠行）大露。故回家。

以數旬間整理族中祠堂墳墓各事宗予無他圖也。十二月晦。予約曾君拔虎至宅。黎君瑀與隊涓等亦董至俱會。

送行贐若干。大同陳東風君則以白銀十五笏贈予。

為豪義大可嘉者。蓋此君為初與予一面之友也。計行贐所得共三千元。諸志友所贈外，則皆為小羅所籌給者。尚有朱書同自以意贈三百元。餘皆以運動得之，則小羅先生之力也。

乙巳年正月初一日，予先遣曾君北行，候予於南定宅君之家。慮出發辰有異，人易為人指摘也。初四日春首事完，予以書招同志數十人於予家，開最後之別席，且辭別於鄉里，告以再赴京坐監謀官之志，即於是日首途，遂黎

君璠送至人城陪予行者惟鄧子敬河靜陳君炳則願送予
至南定陳君教徒中之錚錚者能一一究洋未自製洋槍及
彈藥。奇巧絕倫。予初謀為暴動之舉。首結識君。予出
予出洋後。君以入山製槍事。竟得重病。齎志以沒。
予之初上途也。經業人陳文良家宿一夕。陳君家素貧。
然與予為硯席至友。微知予行意。罄家所藏得銀十
元出以贈予。謂予曰。十年至交。萬里一別。姑以銀一元償一

年友債。此外非予所知也。予大笑而受之。至又城謁台山鄧

先生。時先生方督人安學堂。先生謂予曰。君行矣。在內

所急者。為開民智植人才之事。予與集川等諸人任

之。予介紹魚海君於先生。宿談一夕。越日出火車至南定。八

督辦孔宅。則曾公已在是。又遲數日。以候行縣之至。

蓋予等自家出發時。不敢多帶金錢。另由廣南某

君河靜某君任分齋送之役。月之十五日。二君至。涼君

因海防至芒街

東別予南回予与曾鄧二君則取路河內至海防此二處
皆有曾公密友故所至如意遂於月之二十日搭海防洋
商船。船為由芒衢者自是以下則入於予出洋始終（經海防至芒街）
之歷史。（年表第三紀）
1905 乙巳年。予三十有八歲矣其年正月二十日發海防曾
君謂予曰。由水程入萃有二路其一偷度行山入中國
之防城縣界。此路頗艱險而易於秘密其一走芒衢（街）

茶鞊

過一江橋入中國之東興縣界此路頗平坦而難於掩藏。我今所行。宜偷度竹山為便晚九点鐘辰。船泊玉山予三人離船上陸。蓋予等皆飾為行商船中法人不之問也。步行約半日程。至某海村曾公出十字架。令予繫之於頸。此全村皆敎民。但見十架子。無却拒者。既則入一海老家。家主為曾公前哉。其主人飲食甸亦竊手作十字形。行祈禱礼。主人大歡。是日夜深逾十二点鐘。主人以為雇

借一海船潛度予三人偷渡江舟行有又二点之久橫舟上
岸則已入中國防城縣界矣
正月二十二日早宿於竹山市船户洗亀之家洗亦曾公前識安
置行裝畢念鴻鵠脫籠則不覺喜盈欲狂因此间绝無
法人耳目也由竹山至廣東有二條路一由陸程橫度江上東
興經欽州至廉州乘北海洋船至香港一由水程乘
航船江行可達時主人船將商赴港經欽州以至

船

從康州乘北海可搭洋船達香港。如遇順風則帆船亦

可達。時主人將行商赴港。予等遂乘其船航行至北海凡六日。

乃改乘北海洋船至香港。於無意中得一好友曰里慧為

船中廚夫長者。君往來周視於雜客間頗与予三人為逋

逃客。樂与予攀談甚歡予未敢寔告以事。惟力致慇懃約

以赴港時。請相会於旅店。二月上旬船至港。君約於泰安客棧

賠予。予至棧宿一日夜。曾公留予於是。而独往韶關。訪前亡匡

63 『潘佩珠年表』(漢南研究所 소장본)

宗室説陳謨又一日里慧君来会了談論中頗曉大義
且深疾淸人所爲予告以此行之意君大感動願爲新黨効
力。自是以後陰輸金錢密送孝生一切船中秘密事君力
担之由內輸出之金錢書信毫無錯誤而且絶不言及酬
勞染指之要求忠誠之心久而彌篤其弟里罰亦不亞於君。
今聞此五君被徒流嗟夫青衿黃帶我國中此輩何
限而熱誠義氣乃得之於廚傭中亦大可傳之事也。

予抵港效日。歷覽周圍各城庯。見英人植民地各政策。則大驚異。道途之整潔。商業之蕃昌。固不待言。而外人入港之自由。尤出予意外。予等以異樣衣服來此。然無人問及通行券。即何國籍人亦不問及。此為予平生所經得未曾有。華人学堂報館凡效十間。一為商報。即為保皇党机關。一為中國日報。即革命党机關。予至商報。求見其主任徐勤。勤不納。至中國日報。報主任馮自由君亟邀

予入筆談頗久。大表同情於我黨所謀。馮謂予曰。遲之十年後。吾党排滿成功。始能為貴國援手。今日尚非其時。但以主藩屬關係。則求之滿政府中人。亦未必全無補益。現粵督岑春暄滿臣。而漢人也。且彼為桂籍人。廣西與越唇齒。君其往想彼。或得一臂。予初出境。於外交事。寔為堂下人。聞馮言信之。爰製一書。委曾君往省城。托相識人為岑幕賓姓周者。達於岑督。周約以得岑旨則派人

赴港招予。予是書為外交文字之破題兒也。其含有奢望可知。因是駐港久之以候岑信。後竟杳然。予漸悟專制朝廷之無人。滿清與我朝一郎之駱耳。

予在國內。曾得讀戊戌政變中國魂及新民叢報兩三篇。皆為梁啟超先生所著者。極歆慕其人。適上海船中。遇流亡美學生周椿君回國。為予道梁先生住所。則為日本橫濱山下町梁館。予大喜。擬一到日本。則必先謁見梁。三月上旬。船到

上海赴日之心甚急。李與時日俄戰爭方在結束中。日本商
船政府收留。故上海更無日船。其餘商船往日。亦因戰事
未完。俱滯留不發。予等不得已打宿於上海一月有餘。四
月中旬。日俄戰事已打。始有日本船至上海。予等藉中
國留日學生湖南趙君為指南針。共乘日船至橫濱。所
最苦者日語既不通。而華語又不甚曉。筆談手語煩累
滋多。寔外交家之奇恥也。

四月下旬。船抵神戶。予等行裝頗重。日本言語習慣俱不曉。
幸趙君為予照料。引予入旅館。宿一夕。即乘早車赴橫
濱。途中車上。凡諸所需。悉由趙君代辦。行客相逢。儼如
兄弟。不辭勞。不責報。大國民之美質。誠然哉。亦漢文之媒妁也
先是予晤趙君。知君知君為革命黨人。故予將謁梁之事。
不敢談及。蓋革命與保皇。互相冰炭。予在香港已稔
聞之。既至橫濱。則趙君別予。謂予曰。今我等赴

東京。此処為横濱。君等所需已囑托日本警吏為君
照料矣。予茫然。亦強應曰諾。既則下車至站門。同行
里不可覓。呆立站口久之。有日本人帶(戴)白帽而帶佩刀來予
前敬禮。予出懷中小簿筆談。予曰。君等何以不去。予曰
覓不得衍(行)李。是以不去。其人曰。予已為君等買一旅館券
矣。所有行李。君等至館即得之。乃招人力車二輛。(引)予等
上車。且囑夫車數句語。頃則至一館。名曰田中旅館。

坐未定。而予等之行李至矣。翌日本火車規則。客與行李不能並裝。人與畜物、不能同載。雖四等車亦然。謹衛生、護行客。每座必明揭客載若干人為限。客所有行李。由車役夫善視之。且為之護送。車中人無拾遺者。予與曾公嘗遺脫什物於車上。後數日仍覓得之。予於是嘆強國之政治、與其民國之程度。只此一事。視我國何啻天淵哉。越數日。修一書。自介紹於梁啟超。書中有句云。落地一

声哭即已相知讀未十年眼泛戚通家云云梁得未大感

動。還象書予入。酬應語多曾公譯之心事之談。多用筆話。

梁公欲悉其辭詞。約於兩日復会筆談。可三四点鐘。畧記

其最有深意之詞如下。貴國不患無獨立之日。而但患其

無獨立之民。二謀圖光復之計。畫有三要件。一貴國內之

實力。二兩廣之援助。三日本之声援。貴國內苟無實力。

則其下二條。皆非貴國之福（公又附註云貴国實力為民智民氣与人才。兩廣之援為軍与餉械。）

日本声援為外交上亜卅強国
首先承認独立之一國、

三時因予談及求援
日本之事、公乃云、此策恐非善。曰

兵一入境、決能無驅之使出之理。是欲存國而益以促其亡也。

假貴國不患無独立之机会、而只患無能乘机会之人才德与法

宣戰之辰、則為貴國独立之絶好机会也。

又致日、予請梁公為予介紹於日本政治家、蓋欲達求援

之目的也。公乃約予於五月中旬、引予見大隈伯爵、伯曾

兩次首相、為維新功臣。而現為進步党之党魁也。至

日。予謁公。公曰欲見大隈必先見犬養毅子爵此人為前文部大臣。而現進步黨總理隈伯之健將也。日本於民黨中此二人最為有力。於其日梁公偕予二人赴東京先謁見犬養毅。又因犬養毅引謁大隈伯爵相見時。賓主俱甚歡。樂縱談及求援事。養毅問予曰君等求援之事。亦有國中尊長之旨乎。若在君主之國則須皇系一人為宜。君等曾籌及此否。予曰有之。乃於袖中出折外侯乞

通行券文宗之券毅曰。宜翼與人出境。不然將落於
敵人之手。予曰。然。我等已等及此矣。時則大隈犬養梁
公三人互談久之。謂予曰。以民黨援君則可。以兵力援君
則今非其時。蓋現良戰國情勢。非法日單独问題。乃欧亜
黄勝之问題。日本欲援貴國。則必与法開戰。日法開戰。則
全球之戰机皆動。以今日之日本与全欧爭力。尚不足。君等能
隱忍以待机会之至乎。予曰。苟能隱忍。則予等何苦

為秦庭之泣大隈曰今筆君至此予等始知有越南人印
度波蘭埃及非律賓亦皆亡國然無若是之幽閉者君
等能鼓動國中人士多效棄國出外使其耳目一新無
論至何一國操何一業皆可嗅吸空氣精神無悶死之
憂此為救亡之急圖也犬養又謂予曰君等既曾組織
成一革命黨乎予心此言羞慚欲死自念國中尚無真
正完全之革黨者然亦飾詞以対曰組織則有之

然党勞尚微薄。幾等於零。大隈又云。君等能耐其
党人來此。我國能盡收容之。抑或君等樂居我國。我且為
君擾室。優待以外賓之禮。生計亦無可憂。尚俠義重愛
國。我(日本)國人之特性也。隈語與辰頗覺自豪。予聆之。答曰。予
等跋涉重洋而來。本為我國我民死中求活之計。若但
得我身快活。而我國我民。仍在杌(地獄)獄之中。我竟忘之。諸公亦
何用敬重此人為。梁公在旁。取筆書於紙。以示伯隈諸人。

曰此人大可敬。犬養夫人亦出陪坐，以所持扇乞予題字。予題曰：吾
風動惟乃之休。座中有日本衆議院議員柏原文太郎
者，既閱盡予與三人筆談之間，則語予曰：予今日見君等，恍若
讀小說中古豪傑傳。蓋越人至扶桑，與我士夫接觸，寔
君為第一人。故予至此，益悉我國之無遠圖而法人迷閉之
術，何竟窮奇極巧如是。自會談自上午至暮乃散。此
為予與日本人接觸之第一日。梁公復招予至宅，為予

商確圖存之計。以筆談互問答甚詳。畧云我國與貴
國。以地理歷史之關係二千餘年。密切甚於兄弟。豈有其兄
立視弟之死而不救之乎。哀哀諸公。徒肉食耳。予心痛
之。予殫[竭]心慮。現辰只有二策。爲能貢獻於君者。其一、
多以劇烈悲痛之文字。摹寫貴國淪亡之病狀與法人
滅人國種之毒謀。宣布於世界。或能喚起世界之輿論。爲
君等外交之媒介。此一策也。君今能回國。或以文字寄回

79 『潘佩珠年表』(漢南硏究所 소장본)

國內鼓動多致青年出洋遊學。藉為興民氣開民智之基礎。又一策也。此二策外。則惟有臥薪嘗膽。蓄憤待時。一旦我國大強。則必對外宣戰。發第一之砲聲。寔為討法。蓋貴國既連我境。而越桂滇越之鐵路。寔為我腹心之憂。我國志士仁人無一辰忘此者。君且待之。予此時腦界眼界為之漸豁然。深悟從前思想及所經營。皆猛浪荒唐無足取者。於是首述越南亡國史一書以示

梁公請為出版。公許之。旬日而未印成。予諧梁公請還國

辰巳年六月下旬也。予留曾公於橫濱寓舍。而予偕鄧子

敬携越南亡國史數十本歸國。此行目的有二。

其一、為謀畿外侯出洋。其一、為謀帶俊秀青年數人

出洋。為潛引國人遊學外洋之先導也。蓋人遊學

必需金錢。而運動金錢。必先得畿外侯出洋。藉為聲勢。

亦予此辰盡無聊之計畫也。

乙巳年七月上旬予發橫濱中旬至香港里慧君所服役
之洋船至君為設密計潛輸于面海防宿一夕剃鬚易服
以白布覆頭為北圻商客樣乘火船至南定抵岸時入夜矣
乘夜步行至莊定宅孔督辦家告以東行詳情囑君物
色北圻一少俊往孔宅數日遣人先往廣南密告小羅而予
改裝乘火車入乂沿途至寧平遇寧撫府某公公告以政府有
密飭各地方密拿之令囑予小心予急於清化途中下

車。步行三日夜。至河靜省。按同志家。招魚海來商以擁圻

外侯出洋事。魚海不願予入京。因止之。約台山先生密会於

藍江之小舟。示以梁公手筆各紙。台山讀梁各書。內有秘

密組織援越之籌畫。因謂予曰。吾輩宜於國內乘此風潮

組織農商学各会。使我人知有團体。然後鼓動進行易為力。

此事当与集川等諸公共图之。予亦力賛其說。後來朝陽

商館及各处農会学会之創立。皆此宗旨也。予因潛留

又靜岡会各党人商於送人出洋之策畧一爲精選青年人材須得聰俊好学而以忍苦耐劳能坚决不变者爲合格。二爲籌辦經費由和平派與激烈派共謀之。三爲審慎委送之人員須得十分可靠者。四爲防備奸細混入與行情洩漏一切來件報告俱用特别符号代之。若能但用無墨之文尤妙。籌畫既定予於七月下旬再出北圻由海防舊路出洋。與同行者有東渚阮式庚爲予師東溪

先生之嫡孫男。即今尚留德者。高田某君(阮典)清化某君(黎潔)預焉。魚海送予至海防。予以擁圻外侯之事，專托君与小羅辨理。子敬則再偕予東渡。八月上旬抵廣東，訪劉永福。因謁前三宣贊理阮述。劉年近七旬。而貌尚矍鑠。語及法人則拍案曰打。打。打。予因憶法兵再次取河城使無劉團。則是我人無一滴血洗敵人頸者。噫彼不可謂雄乎哉。予此辰崇拜英雄之心。不覺為劉傾倒。阮贊理亦有一

事足師者○公素嗜牙片煙已十餘年時為刘幕賓○
囊金頗豊○煙癖尤重一見予至讀予所撰維新会章
程及越南亡國史良方吸烟爐推枕起猛然取烟具一郑
擲之尽癖之属声曰後進人乃如君等予可尚在黑籍
中生活耶○即刻絶煙至終身一滴不上口其後公之長子
述慎○於黃督提之戰役為國歛碑仲子常以干新党
弟法年七十亦流崑崙
安流崑崙終焉○其嫡孫阮紹祖留学北京士官学校

亭成補上校。竟得肺病齎志以終。予被捕還國。辰公尚健在。今則不知何如矣。予盤桓列阮間幾一月。專等北圻外侯之信。知非出藏[歲]。侯未可動。於是携三少年復渡東海。辰為九月上旬矣。予再往北圻横濱。引三少年謁梁公。坐甫定。即問予以遣送學生事。予曰。此事已與在內同志謀之。但所苦者經費。一層富家子弟。一步不敢出門。而清寒少年。無錢等於縛足。予因指同志行者曰。殫數月經營。僅得此三人

耳公况思有頃謂予曰君可作一文鼓動國中諸有心人合臆成裘則経費有餘矣予亦念除此幾無上策退草一文顏曰勸國人助資遊學文起語曰嗚呼崑崙北望湄河東顧我國江山何在哉即是文也橋成示梁公公慨然為予付版不取資印成凡三千餘張尚未及輸送回國而北圻少年適以此展至一為河内梁君立岩与弟梁毅卿梁公杼之二之少子也一為秀才武海匡一則河東阮典又其他二人諸人

皆潛踪渡海者。及至橫濱，則已囊無一文。俱來尋予於橫濱之寓舍。初予僅租一下等住屋。足容三人居。今來者驟增九人。而接濟餉源又未至。一辰寓舍忽有人滿錢空之憂。曾公為予畫策。向旅日粵商賒借薪米。而公自供役於洋船。轉回廣東。詣劉処等借急款匯寄到予。公則寡携助資逐孝文數千本潛回國內。鄧子敬亦与公偕。謀於中北兩圻行大運動。九月下旬。

二人離橫濱。所留下之予等九人日惟麤米二餐。食品僅鹽一合茶數杯。小屋僦居。相依為命。時為孟冬。雪落如雨。寒風刺骨。手足皆僵。而予等初出境辰。毫無禦冬計。單衣薄飯。力攻飢寒。幸梁処藏書甚多。朝夕借覽頗足自遣。而諸少年亦皆以忍苦

梁立岩

相勗。慍容不形。其最可愛者為梁君立岩。君行動不羈。談笑間時呈豪爽之氣。見旅況益窘。幾難自存。則

慨然曰。不以此時吹簫更復何俟。遂捫腹步行。自橫濱至東京一日夜。夜投警察署門口。席地而睡。警察詰以語。茫

太原登難之行經。即此已露鋒芒

然不知所答。而摟囊又空空如也。則自為乞丐人。及以筆談乃知為我國少年。日警吏寄之給以火車費。遣之回橫濱。君得錢頗足供致日糧。仍不回寓。遍遊訪東京諸中華留學生寓所。偶探覓得民報報館。中國革命黨之机關也。主筆為章太炎。管理為張繼。即現今北平政府要人。二人皆革命黨先鋒。

君自投館以寔情告章張宸之使其就館供三等書記之役
且囑回横濱引同患者來當量容致人君旣回寓纔入門
則大笑謂予曰伯乎之丐有效矣遂留弟毅鄉於予寓
而與其弟同鄉人別予往東京寄食於民報且習日語
至是予寓僅九人終日杜坐誦伊阿兩三声以俟南來之佳
信予辰雜咏頗多有句云孤鴻匹馬九兄弟萬水千山
多姓諱名蓋寔狀也如是者二月餘有中國革命党人名湯

阿伊日字母發音詞也

覺頓者。見予等苦況。慰之曰吾輩做革命有秘訣云。不怕飢。不怕死。不怕凍。不怕窮。君等苟能如是。則必有達目的之一日。湯君又以一函介紹予於廣西边防大臣莊蘊寬。莊江蘇人。清政府派守住桂边龍州練新兵。湯君之學友校也。逾月餘。得莊答復來。內有云。越人奴隸根性。不可救藥。雖有一二志士。亦無能為。湯持示予。歎謂予曰。莊行營在龍州。接逼越界。熟悉貴國人情形。故所言如是。予辰

悲憤不自勝但背人揮淚而已

然此窮愁無聊鄉之中亦有二事可紀初曾公將回国偕予往梁宅辞别梁曰雲南鉄路主權為法人所切盡今雲南学生留日頗多而振武校之学生須皆有志之人彼等学成還國投身鎗砲之地將来君等舉事或多得助於雲南今君等可往与彼輩結交此下甚閑着也梁乃未[illegible]識三字以授予謂予曰此人爲倀也者其餘

由此人介紹可也。予授之。將以次日往東京尋殷。然問其住址。則梁公不知。但知為振武學校李生而已。越日。予与劉磬君囊所有。尚得銀數元。括為上京之費。至東京火車站下車。招人力車來。車夫問所往。則出懷中紙授之。車夫有難色。蓋住址不詳。且予二人俱不能操日語故也。頃之。此車夫招其同業者一人至。彼引車至予前。以筆語予曰。此人不甚解漢文。今為我於予等。我通漢文。尚欲何往。君可以筆示君意。我

舷引之語。至此請予二人上車至振武學校問殷君則殷君已出校。現方住宿旅館以俟明年入聯隊實習軍事。車夫此張面形不懌之色俯首沉思有頃遂拉車至路旁一處謂予曰。汝必只是待予、予得汝友住所即送以東京面積之大。遍計旅館不下數萬家以日本一車夫從事尋攴那一學生住所。其難可知。予所料彼與我國車夫同一奴隸病根則甚以無錢償車值為慮。自晚二点鐘立

## 日本車夫之特色

等至五点鐘。乃見彼欣欣然來。揮予二人上車去。馳一点鐘許至一旅館。則見館門廊橫懸一長匾。遍寫寓客人姓名及國籍。中有清國雲南留學生某某之(某)等字。始知調查客人之所以易也。及問車値。則但以二十五仙對。(即止二角五仙)予大愕。出囊中銀二元授之。且致其酬勞感謝之慝(意)。車夫不肯受。筆語予曰。焰內務省所定規例。自火車殺(驛)至此屋。車値奎(止)此耳。我以君等乃外國人慕日本文明而至者。故歡迎君。非為索錢而來。君等給我過値。則

是輕蔑日本人也。予聞其言為之心倒。嗟夫我國民智識
程度視日本車夫寧不斷死。予既晤殷介紹予於雲
南諸學生之有志者楊振鴻趙伸皆以此表相識。後日雲
南雜誌成。予亦一編輯員。即造因於此表也。
又一日。犬養毅以一柬招予至宅。為予介紹於孫逸仙先生。孫中國革
命党之大領袖。方由美洲回日。為組織中國同盟会事運
當橫濱。犬養毅謂予曰。貴國独立。當在中國革命党成功

之後彼党与君同病相憐君宜見此人豫為後来地步越日
予持犬養毅名帖及其介紹辞詣橫濱致和堂謁孫時値八
点鐘矣孫出筆紙与予互談革命事孫曾讀過越南
亡國史和予腦中未脱君主思想則盡痛斥君主立憲党
之虚偽而其結束則欲越南党人加入中国革命党中国革命
党成功之辰即挙其全力援助亜洲諸被保護國同辰独立
而首先著手於越南予所答詞則亦謂民主共和政体之完

全而其主意則反欲中國革命党先援越南越南独立後
則請以北越借与革命党為根據地可進兩廣以窺中原。
予与孫亦鮮相持有数点鐘之久夜十一点予起辭別孫約
予以次夕再会談越会後日復在致和堂会孫再申明前夕
所談之意。其寔予与孫此時兩皆誤会予寔未知中国革命
党内容如何而孫亦未知越南革命党真相何如双方談解。
皆隔靴搔癢耳。結果俱不得要領。然其後吾党窮急

時。得藉手於彼党為多。則亦兩夕会談為之媒妁也。其

後孫中山先生以肝癌病死於北京。予有輓聯云。志在

三民。道在三民。憶橫濱(賓)致和堂兩度握談。卓有眞神

貽後死。憂以天下。樂以天下。被帝國主義者多年壓

迫。痛分餘淚泣先生。蓋道其寔事也。

丙午年為咸泰三(十八)年。是戕(年)戕至戊申秋為予生平最得意

之時代。蓋通計自有生以來所謀之煩適。無逾適是時者。

正月中旬得曾公来一書云魚海翁已於今年元旦日擬
斯外候出洋月間即能抵香港予急整行裝回港
延接。斯時候抵港時纔數日而候適至同行者為鄧子敬
因魚海翁但護送至海防海防至港則惟鄧子敬陪
行耳既晤候談悉回君狀隨下榻於粵商廣禎
祥之店。主店姓楊商人而好義者予在橫濱時遇其優
价紹予等於楊楊敬慕其事願為港中東道主曾

公与予至港必食住於是不取償金雖旬月不計他日
予(過)時常寓(時)亦嘗借貸於楊楊与之無吝色此一節求
之我國商人中恐不易得也周覽港市數日因粵人
傳君通欵於駐港德領事館此為予等知有德国
之(人)第一日他年吾國党(人)与德国人關涉之事頗多
寔起点於是二月上旬侯皆予往廣東訪阮公述
於沙河刘永(福)宅時維新会章程始付印(會)全為予

与小羅諸公秘密所組織在國內時但口傳心誌為無字之章程耳。今圻外侯與予既出外。指將派人同圖行大運動。則成文之章程亦不可無。且阮刘二公亦力贊其成。於是付印章程簡畧僅大綱三細目六。其宗旨專在[illegible][illegible][illegible][illegible]恢復越南建設君主立憲國印成僅致百張。為密携入內之便也。然此章程已於辛亥年拾月宣布取消会名亦改為越南光復会故今不復

詳紀。住刘宅纔数日又得一大可喜之事則西胡番周楨先生。亦是時出洋是也。二月下旬西湖抵港聞予往廣東。亦至是間。兼訪刘阮短衣敝履。頭髮蓬鬆。望之似我國勞動人。蓋公故飭船中伙夫以行。而亦里慧君之密輸之力也。入刘宅。見予等。未語先笑。予起握公手歡不可言。徐乃以勸助資送学文示公公大称善及閱維新会章程。則默不置答。但云予甚願一渡東洋即回國再傷心人

别有悵悒意。即公此時之意，欲予与公盘桓廣東十餘日。每談国事，則痛詆独夫民賊之罪悪，而尤切齒於現朝君主之禍国殃民，似以為君主不廢除，則雖復國亦非幸事者。折外侯在座，頗大激刺，於是自繕警告，造書付印，書尾自署為民賊後彊槭云云。書共放百本，托里慧君潛輸入内。予亦委鄧子敬回内，協同曾公分途走南北，散布前所述之各種文字。專著手於鼓動遊学生与募集学費之二事。

擗擋既畢。予以圻外侯東渡而西湖亦皆予往三月中
旬。則已抵橫濱小寓寓之丙午軒矣。丙午軒者予等
東渡首先成立之一小机関是特曾公入內已滙到銀玖百
元。而圻外侯來。行囊亦頗厚乃盡出其貲。租日本樓屋一
大間。而請日本人授諸少年以日語。習為日文。題所居曰丙午
軒。蓋因是歲為丙午。而且含有我南離明之意義也。
予既抵寓。則急奉來於犬養毅求為謀送李生入學

之事。犬養毅謀於其同志三人，一曰細川侯爵，東亞同文書院院長也。一曰福島安正陸軍大將，現充參謀部總長而振武學校長者也。一曰根津一陸軍少佐，而東亞同文会總幹事也。又委其門下健將曰栢原文太郎者，奔走斡旋於其間。纔及旬餘，則送人入學之事已有著落。入振武學校者，北圻二人，中圻一人，為梁立岩、陳有功、阮典（梁即梁玉琯，陳即阮式庚，阮今已回首）。同文書院（此未院亦一中學校）者一人。

為梁毅卿。其他六人則俱以資格未到不得入。四月上
旬。予送諸學生上東京入斈。而西湖公亦偕予赴東京參
覽斈堂。及其他日本政治教育之成績。謂予曰。彼國民程
度如此。我國民程度如我。能無奴隸乎。此致學生入日學堂。
為公。絕大之事業。矣。宜留東靜息。專注意於著書。且不必
昌
昌言排法。只當提唱民權。説民知有權。則其他皆可徐圖也。
自是一連拾餘日。公與予反覆議論。意見盡相左。公

則欲翻倒君主以為扶植民權之基礎也。自是十連十餘日
公与予反覆議論。予則欲先推[illegible]戴。侯我國獨立之後。乃
能言及其他。予所謀利用君主之意。公盡反對。而公所謀
尊民排君之意。予亦盡不贊成。与予連榻數旬。公翻然 此一段宜下
欲遊國矣。時則圻外侯亦已由予介紹於福島大將。
福島謂予曰。以國交慣例。貴國皇族。苟非得法政府
允許。則我國不能為明白足之收容。只可混同於遊學少年

肖為一留斈生則善矣於是圻外侯離橫濱○○○
武斈校在日本校凡五人惟侯納貴餘四人俱由日本給費斈文
明國之一巧手段也蓋公圖与予同一目的而手段則大不同公則
（此一段宜上）
由倚法排君八年予則由排法復越入手此其所以異也其公政
見反予而意氣則極愛五人既上校時丙午軒只效少年留
住且習日文日語而予送西湖公至香港為最後之嗚別語
予曰公好珍重國人所希望者公圻外侯殊無閑也予

敬諾之丁酉嘱後会且祈語台。集川等諸公以[illegible][illegible]力
開民智結団体。使多為新党。後有時五月中旬矣。
適廣南二少年自内出会予於港。且得小羅未述國内党
情時頗有澎漲之象。予因引二少年渡洋。仍寓横濱。丙
午軒。著外海血書初編成。侯得便送回國。今圻外侯
以學堂得假。亦因横濱。予謂侯曰。逢孝生雖尚無幾
而中圻北圻已俱有人。不可謂無影響。○○○

寥然。宜亟圖運動之策。運動南圻必須利用思舊人心乃能有效。今我公亦以高皇嫡派。又既出洋。即草一宣告文派人入內。回南鼓動南圻少年。令其遊學。籍南圻之金錢。兼善中北之人才。此亦善策。侯促予速成之。予乃撰敬告全國父老文即成。寄與港船里慧君。密交曾鄧二公發布於中南二圻。而北圻則由阮海臣君發布。敬告全國文如下。畧曰。陳涼英睿皇太子嫡嗣孫圻外侯彊柢敬告全國父老

言題畧

子弟曰偽保護法蘭西者存吾君而亡其國謂五洲公論之可
欺白吾地以植彼民殄億兆蒼生而奚恤雖今上有句踐少康
之志無奈風狂雨驟天難与爭雖蒴坤臣僚有申胥諸葛
之思其如海涸山焦地無用武……末署海樹潘佩珠奉草
覽此文則知予於南朝君相皆希望甚深而所痛恨
深嫉者則惟法蘭西之惡政府而已初予訪梁公時公方修
意大利三傑傳出以眎予予盡摹瑪志尼之為人而瑪傳

中教育与暴動時同並行一語。尤予所心醉。是故一方面鼓動學生出洋。又一方面鼓厲國人以革命之思想与其行動乃敢取所著海外血書初編續成之。顏曰續海外血書。寄回國內。由志士黎起松譯成國文。流布於全國。文起語曰得諾些還吳窨還。農內厄護也。別諸。即初編也。又起語云。唎血淚吹術𠁀中諾。計腨曙諸特邑數。聊貼風景南五洲。逾𤀞德紡胣愁艮魚。即續編也。初編痛陳嗤人滅我人種之毒政

策其一為陽剝即賦税征役百端煩苛務剝竭吾民膏脂是也其一陰朘即粉飾偽文明偽教育陰滅我國人精神於不知不覺之中是也至續編則痛陳亡國之由有三大原因一是國君不知有民一是國臣不知有民一是國民不知有國

譯文云。役異肅役民空則飢。異官極切之民。既異民只則民默君默臣貝矣。此段反覆剖陳淋漓悲痛。而其中一段則詳列救亡之策極力挑動國人嫉仇愛國之思想。而其主旨則為

結於羣國同心其目分為十種一富豪之同心也二當途仕籍之同心也三貴家子弟之同心也四天主教民之徒同心也三貴~~家子弟之同心也~~五水陸習兵之同心也六遊徒会党之同心也七通記洋陪之同心也八婦女界之同心也九仇家子弟之同心也十海外遊學生之同心也此十段黎君所譯之文尤能發揮原旨淋漓盡致如遊徒会党一段有句云腥風撲鼻哀劍俠之無昊憤氣填胸望棍雄而遙祝皇天后土其鑒予心否

会党棍徒其咱予言吾矣黎代諱云灦遛醒衛鼻韡於劇
何扱肥膚魚朱仁龍郎樹尉賢鋭鹽艶肆矣掩喂吁捽劇
墨国呑国坦国些同心労意買異同心與未既付印予復
回香港謀秘密送未入内且迎接自内出洋之諸同志適河内
武敏建与楊嗣源阮泰援（即阮豐貽君）初至港即囑二君住
港候船来行密輸計與未国大布散於国内武阮之力為多
是辰在港亦創立一小机関因港有留學英文四五人故也港

中越僑甚少。其跟隨法人供傭遺之役者。通計共四十餘人。通言記錄三四人。餘則伙夫陪丁耳。予遇諸項人。無不大聲疾呼、現身說法。彼中有一二熱誠激勤。輸轉傳播。皆樂咱予言。予乃組織一越南商團公会。募集股本。謀營公利練習我旅僑以結團体公益之事。会成立時。推通判范文心為会長。范南圻人。通英文法文。頗畧識世界情形。然君主思想極濃。蓋是辰南圻人之特性也。商團初立。僑港

之我國人皆踴躍入会法兵船中水兵凡我國人亦皆捐助会款。一良領形樂覓。未及一年。有被法領事館通言名我。彼乃老殘猴張者。穀告於東京全權謂此会為革命党机関法政府要求港督嚴令解散此会遂邀亡。嗟乎無權無力之國民之幾無一処而不被強權蹂躪之苦也。

是年自秋徂冬。予嘗往返於日本橫濱香港之間。蓋日本為學生大本营而香港又為中外交通之咽喉。予

不得不以時兼顧也。十一月下旬，予以學生出洋為甚最少，而國內革命之行動，亦寂然無聞，憂心如焚。方欲回國親預運動之事。然苦行費尚未克。幸國內南定省五少年來，一為鄧仲鴻，一為鄧子敏，一為年最少者鄧國喬。又其他二人，其前三人皆少俊可愛，而熱誠毅力，則鄧子敏尚焉。後來胥除敢為以身殉革命党者，鄧子敏一人而已。五人抵港時，武敏建承委為住港机關幹事員，為四人等送赴日本至橫濱。賠予出

所携千餘欵元助党云云，預料此行須四五月間乃能再東渡。因此行之目的有三：一 乘便探察廣東廣西諸边地几毗連我國界者，皆考究一遭，以預定他日入内之方向，再粵边路親黄公蕃昌屯，勸公加入革命党，因余前未嘗得一番面接公也。一 要密接中圻各派要人及北圻諸寔行家共圖革命之寔現也。等畫既定，即以銀三百元為旅行費，其餘為住午丙軒諸年少學習之需。乃於十二月上旬上東京

辭别圻外俟及在校諸學生。即日首途至廣東先詣刘宅会阮公
語以南圍各意。公親送予至欽州。又介紹其首部一人於予曰前德。
前初本以海匪著名。自称為前軍都統者。其後為附勤王党
為提督。失敗後隨阮刘入萃。然其人不大羈。既入萃。復履理
首業。為兩粵綠林之豪。時派阮公謂予曰。兩粵边地凡与我国接界
者。土匪巢穴。遍地有之。以此人引途乃能穿過。盖此人為匪徒
所畏服也。予嘗於前德。前大賛成予馳走兩粵邊塞經過

一月餘里程平坦無占則此公寔予之恩人也前雖為粵林豪

而討於我南人往来必力為保護言談豪慷慨磊落常有事

為鷄口毋為牛後之氣魄一路陪予所行予以老輩待前而前

則以師礼待予予至思之猶為之感泣 [今]

初予由東返粵也会廣義屏山某〻王同志自内出予見其人有

熱誠有勇氣似堪重任者予謂之曰吾輩今日所經營者其目的

在革命而欲革命之寔現必在内有運動之人其需要視在

外洋學為尤切蓋洋學所養成者乃建設之人才而破壞之
人才則不能專倚於洋學也二君竟欣然願回內運動予乃
取近所著各種書如越南亡國史新越南海外血書等及圻
外侯敬告全國文托二君為入內運之材料某某二君遂偕
予一路至欽州既抵欽二君別予乘航船至東興而予則
与前德別沅公走欽州以西經過上思卅下思卅至桂边之太
平府府總領陳世葊初本洪楊餘党曾竄入我越為

黑旗党之從將後因清政府招撫以勦匪有功委駐桂繞邊防兵
対我越人感情頗頗厚又稔聞予名見予与前德至則大歡迎
陳云予部屬尚有留在我越邊者多与黃花公往来親密予
因告以回南会黃之意陳願与為炤料行計如通行劵及護
衛兵各事又介紹予於其前部將梁三斯梁三斯者前
為越寇現北圻太原之豪目也予盘桓太平府数日即上
途陳為防沿途土匪故特派帮帶一員武裝勇兵十

名。護送予二人經過亮州憑祥州各隘。至鎮南關。鎮南關者夾接我國諒山省文淵市之關口也。關有清吏清兵駐此。出關須呈護照文憑由關吏換券文乃可。予將度關。太平府護兵與蕭德俱別予返。惟帮带姓何者。則偕予出關。一入我國地界。即有法兵屯。屯有法步佐官駐此。檢查旅行客甚密。予入法兵屯。屯官與華官給許文憑。信予與何皆華人也。無所詰難。然測量身材。編錄面貌。

郡甚詳悉乃遣(傳)予出銀三元換眞通行証券予出屯上

同登火車。至嘉林下車改途往太原。太原省界則知梁三岐

在此間勢力頗不弱上游林亂分省素多蠻悍豪黠之徒。

行人憚之。然見予等華裝則戒相曰此往大官処者切勿犯。

予聞梁久據(擾)高平太原間法初取北圻視高平太原為

險遠欲收撫梁藉免擾边之患特授梁為招撫大使故

土民稱為大官。予於是哀吾民之愚且弱不惟(强)凶暴如法

人。而吾民憚之。即萃僑之黠者。亦視之如虎矣。予行一日
程。至太原省城。又馳一日許。至州。府爲梁所屯住之地。何帮
帶先介紹予於梁。梁知爲自陳統領來。函一致殷懃。
引予遍覽屯寨。軍容之宏壯。紀律之嚴。不及安世黃公
遠甚。而其餉藏之富。人口之繁。則過之。然黃爲獨立區。
若梁則仍爲附容庸地。其價値逈不相同矣。初予見梁
謂可利用爲一路援軍。及旣相見。互通談。察其人無他

遂大志但一綠林之怪傑耳蓋北党勢已張外援又至則彼必不為我用予於是頓成失望之意然事有湊巧山西同志陳炯英亦稱陳善初曾與我訂密党是日適相遇於梁屯陳亦為運動梁而來陳既見予則介紹予於其熟友曰提功者功故勸王党之名戰將也累立戰功堅至提督與黃花探極相得勸王党失敗後同事者多出首免罪或立功得官如提喬輩惟探與功二人俱不願為降將軍探入北殿功走

太原太原已被疾足者先得功無可柰則与部下敌十人耕儠為生戢伏於梁莣力範囿内之地兴然瀏寔以僚友待之而法鷹犬亦不之问法人尚視太原為石田故也陳請予赴其宅聚談久之視其人額高頷豐两目烱烱時拖腕曰願得机会再以刀上血一染法人頸則此生了矣一日对予言久不騎馬髀肉復生候得錢購一馬予即贈銀十五元念君若得宣戰机会則彼亦一戰員也既得功則遣其長男引予從山路至北江行二

日程入安世縣穿過雅南市入蕃白屯出功所援之秘密符
号以示黄公公大喜宿予於公子篑之屯次日殺牛釃酒集禪
佐伺会以饗予予前曾一度入屯然与公握手談心則此為第
一次予留宿於屯者十餘日其所与公訂密約者有效事一
為公即加入維新会承認圻外侯為会主二為容納中圻諸
義人之失踯者三為中圻能唱義時公当起為應援而公
所要求於予者亦有效事一為繁昌屯有戰事中圻

当援助之。二為有戰事時。維新会須給外援之勞力。三為蕃昌屯有軍需缺乏之時。会党中当尽力捐助之。兩方面俱已商妥。公乃為予勘定大屯後一小山。借与中圻諸党人為根據地。未幾松岩君与黃衛等相率入屯。營一別屯稱之曰秀乂屯。即此番訂盟之結果也。越次日。予偕容友河靜鄧淇君粗別公。趨北寧。諧内商社同志某公之宅。会魚海逸行俱来。以近狀報告。密約齊中北各要人会商進行之

之策拷分為二字派一為和平派專注力於學堂演說宣傳等事一為激烈派專注力於運動軍隊等備武裝寔行流血之舉動而其任奔走聯絡之責者北圻則專委武海秋君中圻則專委鄧君子敬海航為則周旋左右其二派之間南奔北馳一肩兩擔自此以後在外之遊學費在内之寔行資皆賴以維持而革命党之影響乃日漸發生(展)未申酉戌年間東京義塾發起於

河城商会學会林立於南義。而且河内習兵有毒殺法兵

官之事。乂靜習兵管隊武奮阮傳等。有囊攻河靜城

之謀。惜乎。辰机未熟。羽翼未成。或則謀以洩露而無成。或

則事已垂成而忽敗。其結果擲幾多志士之頭顱。耗幾多

義民之血髓。傷心往事。君休問。憔悴年芳不忍看。即謂

予此次南回。但有罪而無功。予亦無詞以解矣。

丁未年正月上旬。予回河内。僅住一日夜。適集川公自乂安來。

會予是晨又城朝陽商店已成立然聞店中人多感談革命事者。予深以為憂蓋言論與實行苟不能同地同時。而收同一之效果也。予時已與集川公言之然亦晚矣予晤集川公後之一日諸同志促予再東因是時萬事初僅萌芽。前途尚甚微渺余皆不願予為無謂之犧牲故迫予出。予甚欲一面又靜然竟不可遂於正月中旬由北寧乘火車往諒山。於同登車站下車敝衣殘笠。辮髮

剔鬚僞飭萃人行商者。入文淵市。混市人叢中以行縱狡

分鐘。則已爲鎮南關內之人。予與其同行者李雲山刘蔭生

宿於憑祥卅一宿。越旦馳一日至竜州。竜州頗多我國僑民。

然太半則爲法商法吏之陪丁。且其地有法領事館。予以故不敢

留。是夕即雇商船。由竜州至太平府。陳統領世萃旋爲予

換特別船。至南寧。船中什物皆陳供應。萃人對我之感

情。此亦一斑。船至南寧。換乘輪船至梧州。又換乘英人商

船至香港抵港時已二月下旬矣列甯生迫欲東渡蓋彼
之此行奉小羅烏耶之意以来專欲得晤外侯要予一種
文件為而調鮮内部之意見故也先是予与小羅等擬
折外侯本欲利用君主以迎合一般人心其真目的在驅逐
法政府再因此名義所以予出洋後附和頗多自西湖公由
日本歸来大唱尊君排民之說專攻君主而置法政府於
不問創為倚法求進步之政策一時輿談忽然紛紜

幾起党爭之禍。劉膺生之来即為此也。予急离港至東京。時丙午軒已移至東京。南定諸君俱已延師練習日文日語。以豫備入學之便。同人見予。皆大欣悅。予亦為之呈吞容。而予心中寔愁緒如麻。蓋憂内党之分裂也。忽引劉君鶴圻外侯而自修一未。指由劉君持遞求援於西湖。未中有民之不存主於何有之一語。蓋專為緩和西湖公之意見也。予又商於圻外侯曰排君之說。若旦夕大張。則中北二圻分。必呈渙散之象。人心不

一則款無從籌宜其於此辰用一種印刷物派人携往南圻利用思前戀君之人心運動集款大款一至則其他方可著手不然中北二圻恐將刻裂衣矣侯深然之乃托予草一哀告南圻父老文文即成予以往東此辰尚無事可辦而香港柴棍、船路甚便必須回港以闢一聯絡南圻之線路於是予以四月上旬復偕予赴港先以各件文書付刘密輸入內而予則專著力於南路之鋪通既至港則中北圻諸少年

陸續來者又共七人。然皆以遊學無費而來者也。予時欲試驗諸學生志氣之堅決與否。則設詞以難之曰。諸兄弟有志遊學誠甚可嘉。然學必有費。今自費則皆家貧不能辦。而公費則黨政府尚未成立。何從有欵。諸君能爲苦學生乎。或吹簫如伍子胥。或負薪如朱買臣。任擇一途。有志者爲之。七人中惟有阮泰拔君請乞行求學。予爲給銀二十二元。爲東洋渡之船費。君慨然辭行。

阮文俱為阮公述之幼孫自国內出府語六數

阮文俱以年尚童幼留港學英文餘五人俱係貴到東渡夫為

求學計而重洋跋涉隻影飄零甘為乞行之苦此良之阮

泰拔其志氣何如而後來之為阮豐（試進士中庭元）貽乃即此人則其（可）哀如

何如矣予於是得紋旬之暇著越（新）南新（全）書中大畧可

分為二大篇其一為十大快其二為六大願即成一千本又以哀

告南圻文譯成國語起語云傷喂六省南圻[illegible][illegible]基業

群夷能空霰霙沒鮮巖渰唉埃埃固朸悬拯埃

即此文也。即成效千本。指用為運動南圻之材料。因是辰有香港有天主教所立之高等小學校。中有我國南圻少年一名。名陳文雪者。為柴棍知府照之子。予乃旦夕至雪學寓。歎吹以愛國復讐之思。又得范通判勸誘彼以挾君戴阮之意。即以予所著各種未文。寄与其父。而皆邀其父至港為一番遊歷。其後數旬日。而知府照來。又數月而後陳文定裴夢雨諸僎繹絡至日本。南圻遊學生之多。實自此始。五月下旬。又有

北圻三少年出。一為高竹海一為范振淹一為譚其生中圻又有二人。一為阮琼林一為潘伯玉俱隨予至日本其後高病死於橫濱范病死於香港惟阮琼林則於中第二次革命之戰役。以戰死名。譚其生則再回內謀為暴動等欵之事。被囚死於高平。此二人皆大可敬。予既再東渡。而曾拔虎之凶耗忽於是來此為予出洋後踊地號天之第一次。初公之回內。其原因有二。一則見予等在東京之苦況。

阮琼林 卒 運

一則憂學費問題之無着。而謀所以解決之。公入內幾一年餘。
運動成績頗甚顯著。午未年間。在外旅費學費行動各費。尚
能挹注維持。寔皆中北二圻義人之志士之力。而線引媒介於
其間者。則為公也。丙午年春。公自北圻遍走清乂靜平間。晝伏
夜馳。心力俱瘁。冬抵順京。將入南義趨南圻。為全國運動
之役。豈意天公多妬。事不如心。及至安和武公之家。而劇疾大發。
武公為病卧以耳目故。特雇小舟次於江口。以朝夕奉養公。終

效旬而公溘焉。以舟中人終矣。嗟予予出洋也寔賴有公而公
未嘗一刻賴有予。大志未完崩途遽縮造物之苛刻乃能如
是哉。予其後修越南義烈史對以曾拔虎傳非私意也。
予因曾公事。爰著紀念錄一本首著曾公傳次及王叔貴先生
傳。先生為先茂材公之孽子。公首應勤王起義詔。
任義軍帮辦。與仇敵戰弗克陣亡。先生繼其志
未成而沒。亦在曾公沒後之一月。先生臨沒辰手未八

字示魚海翁云。父雖嘗未報。此生徒虛。嗚呼真可惜矣。予修紀

念録完將付印。念最近無名之英雄。有最當紀念而為予

所知者也凡效人。其一曰高勝。其一曰隊合。其一曰嘗寶(宝)勝短刀獻陣。

殺賊將名沒矣。以報高公勝之仇。予攈拾各事之始末畧分為

傳。顏曰崇拜佳人紀念録末頁。又附錄快聞一則。其文曰梁知縣

知出洋之快聞。因是辰有梁文成者某縣之知縣。棄(官)家越境。

尋吾輩於港濱間。其原因如何。寔未甚悉。但得於海隆所言

雖知加此。而錯誤仍重。重知人是古今第一難事矣

亦有志者。予時急欲鼓動官場中人。故作贊揚頌過梁任港
緣羊年。則其妻起港避之同回。予乃深悔前之所作快聞一則之
之誤濫也。文已出版。不可收毀。予因是又得一良教訓。凡料人一事。
非的確。身親目睹。則切勿輕信人言。非總核過去將來。則
不可專憑現在。梁特一折臂之緣耳。
是年七月。中華革命黨之中國同盟會努力驟增。其革命
機關之宗報館。發起於東京者凡數十種。留日本之雲南

省党人之机関。予指将来必有由滇回越之一日。欲豫先聯絡彼人
都人士之感情。乃自爲於伊社主任趙眞齋君。充義務編輯員。
社文所載有哀越吊滇文一篇。及越亡慘狀等作。皆予
筆也。以故雲南革命學生。対於我党感情甚好。然其党
時彼等勞力尚嶶(微)。但能為文字之援助而已。予因多(與)中
國革命党人相周旋。民主之思想已日益濃厚。雖阻於
原有之計畫。未能大肆其詞(詞)。然胸中含有一番更弦易

轍之動机則自以辰始於是首著一書述黃仙友革命失敗之全史。顏曰黃潘秦書中指摘嗣德君之罪惡甚詳。而於當辰所目為大逆不道黃潘秦則大書特書。稱之為革命之開山之祖。蓋欲以此覘諸青年之傾向。而擬以變換思想之第一方針也。書既印成適香港有信來謂南圻有父老数人至港急欲一接予商談畢即南回因諸人皆秘密出境須速回為佳。遲則恐生障碍故也。予旋於八月上旬

由橫濱出發。所攜書凡五種。曰新越南。曰紀念錄。曰
崇拜佳人。曰黃潘泰。又前所發行之哀告南圻父老文。尚餘
數百本。亦悉籠載回港。至則美湫某會同。芹苴某正總。
隆湖某鄉職。俱佇予已一旬。予延至寓。授以各種書。勸
其傳播。且懇懇托以二事。一曰運動遊學生。一曰捐助遊學
生費。諸人皆樂願出力。即辭予南回。後旬數則有南
圻青年數十人出。其中有兒童三名。皆年在十歲以幾下。寓

衣鄭文定所帶來者曰陳文安陳文書曰黃偉雄出洋学
生中之最年少也。予以南來人一切航行事情俱未諳曉而
香港机関処。惟武斂建為幹辦員。不能一刻離港。予
乃率領此全夥人計陸續抵港之南圻少年。共四十餘人。
北中圻少年六十餘人同晨偕予搭日本船赴橫濱。我國人
之多致東遊。且備三圻人於一船輪中。寔以此次為前史所無
之一奇事也。予八月下旬抵東京。時丙午軒所容之人致已

一百餘矣。諸前次來者已習練日語俱半年度可進学而現
今初来者。又皆有得入学堂之热。若令其在外。必不能安。乃
急為籌辦学生進学之事。而各種困難之問題。亦因是發
生。其一。私立各学堂。其章程手續必不能完備。且無軍事操
習一科。反迎吾輩求学之目的。國立各学堂。固吾輩所願入。然
非得政府咨送之文憑。必不得入。其二。諸未練習日語之学生。必
須練習日語。而日本学校中、無教授日語之專科。日語未

識務之言

曉何能敎授各種学科其三学生経費須有常額而現在
経濟無一定基礎只憑國内捐助定難望其有恒此各问題
皆不易解決為欲解決前二问題不得不求助於日本諸名
人予於是詣犬養毅犬養氏偕予諸詣福島大将共商辦
援助越南学生之事起謀時予欲增選若干人入振武學
校福島曰予与諸君相交特以個人之資格而為此好友之
表示則可若以一政府參謀部長官之資格則不可蓋

凡一帝國之政府。必不能顯然与他一國之革命党相提携。此外

交之慣例也。前者收容君等四人於振武学校。已破格多矣。若

再增加，必不可能。蓋此学校為我國政府所立。多收容君等。

法政府必有辭以詰我。妨害我帝國之政府[illegible]之外交政策。於

君等亦不利。為君等計。宜專倚東亞同文會斡旋之策。

東亞同文會。乃以民党組織成者。民党援民党政府不必過詞。

則善矣。福島語至此。則顧犬養而言曰。越人出洋日漸以

堅持忍耐

多結藥当若何犬養氏曰現在景像頗佳但未知彼輩能堅持忍耐否福島又曰我為一軍人家但從戰畧上之関係而談越人能与法開戰勝算必越人為多蓋越地瀕於熱帶民情性耐熱法兵士以寒国之人至若在炎天瘴霧條戰鬪力必非越人為弱此天辰可勝也歐洲援濟之兵必由海路越南可容大戰艦之軍港只有芹苴海口若用一大艦隊塞之則歐州援路絶矣此地利可勝也所未可不知者

惟以人心卜之。君等能堅持忍耐，則光復無难矣。予曰：敝国不至無人心，未足。人心無可表現耳。福島曰：是乃哀。人心為勁力，惟勞力最偉大之一物。欲覓人心，則於其能耐勞忍苦堪否証之。此次日本勝俄原因雖多，然日本人能耐勞忍苦，其最大之原因也。君等亦讀日本報紙，当能知之。征俄凱旋，報紙多為功於大根（即莫蔔根，日本以此根醃為最普通之食品），当非戲言。夫以我国地瘠民貧，供应極苦，浩大之戰費至於二年，使日本軍人亦嗜牛肉酪漿如俄人，其何以堪。惟能茹大根，無異薦麥許

以話說最後五分鐘之決勝也談至此適下女(日本女婢之称)以燒芋一盘進福島請予食而先自取一根連皮咬之笑謂予曰我為軍人憚芋皮不敢食能於戰瀲地食敵人之肉乎餘所談皆為彼等歷事一為関於軍事專门之学術一為闗於普通智識之学術俱由東亜同文会経紀其事而校場則於東亜同文書院内另闢一部分校室充之予依其言大养福島二氏因介紹予於東亜同文会会長鍋島侯

爵。東亞同文書院院長細川侯爵。此二字人皆當時藩主。而
今日為元老議院之重要議員。又有東亞同文会幹事長根
津一。書記恒屋盛服等。皆先為出力籌辦。學校名為東
亞同文書院。院中設特別校室五間。專為我國學生攬
業之便。校主任為原文栢太郎。日本前文學部次官。而
今亦衆議院議員也。文學主任為丹波少佐十時弥東京帝國大學
文科學士也。軍事學主任為丹波少佐。日本征俄時完陸

軍少佐而今已還休為常備兵之佐也校中功課分為午
前午後二大總則上半日於日文一語外授以各普通之學
識算術地理歷史化學物理學修身等各課下半日專
授以軍事之智識而首先注意於兵操之練習部署
既定其章程規則屬於在內校時者由日本人規定之屬
於在校外時者由我國人規定之因是之故為要整理我內
部復於維新会章程之外組織一越南公憲会維

新会者綂納全体党人於其中。若公憲会則專為留日学生而組成也。会分設為四大部。一經濟部。一紀律部。一交際部。一文書部。会長為圻外侯。会總理兼監督為潘佩珠。四部委員。每人一部。皆三圻各擇一人充之。經濟部委員為鄧子敏、鄧秉誠、范振淹。專司收入支出及儲備各事件。紀律部委員為譚其生、潘伯玉、黄光成。專司糾察学生功過。及分提護獎賞懲罰各事件。交際部委員為潘世美

阮泰拔黎立岩（藍廣忠）專司与外國人交涉及対於我國人為迎来送
迎各事件文書部委員為黄仲茂梁毅卿（鄧梧鄰）黄興專
司酬應往来各文件及一切未翰之存記共發行各事件又於
各部外設一稽查局以調查各部員之称職与否以陳（梁立岩）
有功阮典藍廣忠充之是時統計國内所滙到之款以南
圻為最多中圻次之北圻又次之共得一萬餘銀元分為
三項一為借給學生費一為供給校外党人駐費一為

存儲支应特別公需費。学生費每人每月十八元。会長員每月三十六元。会總理監督一員每月二十四元。各部委員專任義務。於学費外無俸金。但各委員雖設有常職。然皆為学務所纏。遇有不能辦事[illegible]時。須總理代行之。每一旬遇星期日。則開全体会員大会一次。借校堂為演說壇。首由会長總理訓練。次則会員各得自由演說。藉以聯絡感情。畢固團体。此為公憲会事宜之大略也。公憲

會成立後為丁未年九月中旬。諸少年乃悉入學後有新由

國内續来者,俱即送入學校院。因院內有特別日語班故也。公

憲會、成全体青年皆有學有善秋席頗好。每一旬必放日。

丹波少佐引學生出野外習為戰事之体操。南圻有父

兄来者,咸咸呈歡喜之象。然予則苦心慘淡者有二事。一為

謀學生團体之密固。一為謀財政後援之接續。前者則因

三圻人士向来不相接觸,而氣質習尚皆不相同。

南圻人近於樸誠而躁急欲速且物質之傾向太深中圻人近於忠勇且喜冒險而粗莽之情態能難於融合感情至於北圻人則文飾過多而誠樸不足雖其中皆有優秀分子而混合衆流聚於一壑寔為至難予於一年餘寔會有痛苦不可言之隱亦深自愧才力之太蒿弱也幸自丁未年冬至戊申年秋尚未呈若何分裂之狀態其間彌縫補救功過相除寔賴在内父兄敎訓之力其得助之多

誠甚顯著。後者則因在外財政無一定之基礎。專倚國內接濟
之款力。然內力亦甚薄弱。惟南圻學費頗裕。藉以挹彼注斯。
故專致力於南路之運動。且現時學生亦南圻為最衆。
後援之希望。多在於南圻。亦事實也。丁未年十月起至戊
申年六月止。學生陸續入校。共得二百人上下。其實數不能確
記。大約南圻學生一百內外。中圻學生五十餘。北圻四十餘。
而聞風接踵者。尚未有艾。設使前途順坦。後援日增。則

維新会之事業与公憲会之成績其發達如何亦未可量
乃無幾何而解散学生之事發又無幾何而圻外侯与子俱被
逐之令下公憲会亡維新会亦幾於虚設曇花一現缺月
遁圓時運之方屯亦人謀之未善也惟其間有效事可紀者

一、歡送南圻諸義父老之会
二、歡迎校老蚌之会
三、歡迎阮尚賢先生之会
四、日本人淺羽佐喜太郎之使史
五、結交暹羅之初幕
六、志士陳東風殉國之短劇

戊申年正月。南圻父老自接到敬告全國文及圻外侯哀告○○
父老文。頗多出洋。然俱抵香港即回。至是乃有效輦東渡。
且多携少年來。其最[illegible]熱誠者。為阮誠憲。陳文定。黃公旦等。
予既引之至學院。參見各校室。與學生操練場。俱大歡
悅。請担任回內等款之託。爰於正月中旬。开全体學生歡
送会。時南圻老人君主思想甚濃。對於圻外侯執礼
備至。故於踴躍等款事。寔出真情。可惜此中人。雖

有赴義之热。而辦事手段。方極幼穉。迨四月初由東西国諸人寄
到東京一寒函。函由柴棍鄭司轉遞者。函内云。南圻義民等已
等集得款二十元萬。但未知滙寄之法如何為便。請由主公与先
生指教。予接此函。懼溢於喜。蓋深慮此函已入法人之眼。則不惟
喜難信全虛。而凶禍且立至。然無可柰何。則亦不得不出於海底
撈針之計。函念巨款非由銀行滙到。寔無他法。然由越人滙票。
則萬萬不可能。乃生一計。求援於中華革命黨。幸此辰中華

革党大領袖黃興先生尚住日京黃乃予素相結合予謁黃求策。黃以手書囑革命往西貢等地委員馮自由君代為办理。而要予派幹人回内持函謁馮董理其事。款滙到黃。黃轉付予。此計畫定。予以為無二之上策即於南圻學生中選得二人。一曰黃光珹一曰鄧秉誠。鄧君通法文頗曉法(漢)文有沉靜剛毅之質黃君尤富於膏除性嘗自願為寔行家南圻諸青年之錚錚者。此次奉命南回責任頗鉅。蓋維(新)会之經濟

问題以此行為第一步解決法也二人由香港搭英船回西貢初抵

埠法吏訊察盡偵探員乃至数十輩二逋人竟被搜捕

送水上警察署所携帶文件悉被查收随送入獄被监

禁三年之案先是青年多数出洋法政府久有所聞然催質

各父兄皆呈(坚)称子弟何往彼等毫不預知及鄧黄被捕法

政府急於窮研其党會日法協約初成外交情勢一変

法政府有所求日人皆曲徇之一日日警兵奉内務命令到

本院盡詰学生眞確名姓住址且向云循法公使之請勒令学生皆手寫一本。寄与其家由日警代為郵寄否則引渡法公使。学院一衣大呈恐慌之状又旬日則学生皆得父母之信詳敘拘監痛苦情形邀鄉各子弟急即回内投首。初南圻青年出洋途者皆風潮所驅茫無宗旨至是尾鮮衆情紛紛向予索請急給費回内予初尚為挽留計堅不与費恐学生一散

1908 則內情又変故也。遞之数月時已戊申年九月矣。振武之学生俱

畢業。方詷祝賀会。而解散学生之令遽下。予辰大学惣

求援於犬養毅福島諸人。彼等云。此事由內務外務二省之令。

外交関係。予等亦無可爭力。然不過暫辰政策耳。諸生能

散処日本各地方。苦求工学。約一年間。予等能再設法為

恢復原状之計。予到阮集各学生。邀至予家寓語以留東

備工求学之計。南圻青年皆堅請為圖。有泣下者。有發

病者。其不願南回。惟黃興阮脉之二人。与三幼童生而已。是

時所發生困難之問題者有二其一為鮮散學生之費其二為供給
族中所需之費族費一項尚可徐圖惟鮮散費則急於燃
眉因自六月至此內款已久不來而公憲会所儲存亦已罄
於烏有一時求得三四千元之費路費船無米寔難為
炊萬不得已則以真情求援於東亞東文会諸要人及廣西
雲南留日學生会旬日之內奔走哀鳴得犬養毅氏手援
至力結果日本郵船会社給以船票一百引又由橫濱至

香港。犬養氏自給以現銀二千元，鮮散費漸漸告完[illegible]矣。予大集学生，告以願回者給回費。計当時学生所願留者，南圻乃僅五人：黃興、阮騰之及三幼童。陳文書其後畢業於日本早稻田大学。陳文安後回暹羅，以肺病死。黃偉雄後入中華北京士官學校，将卒業而病亡。黃興君留日本，為苦工求学，生約半年。後回香港，苦心積慮，為一寔行計，家以製造炸弾謀有所動，被英政府引渡於法，得崑崙徒案，現今回里矣。

此時南圻青年黃興幾乎燕雀中之鷃也阮脉之君後
回香港復偕圻外侯逢歐洲卒竟回國今予不知所為中
圻北圻學生所願留者摘舉其最有名者如下 北圻
鄧子敏君君為我國學生中之有心血者南圻定省人留日為
苦心工學生幾半年後因圻外侯被日本放逐君亦為萍奔
馳於香港兩粵（雲南）之間結交中華革命党人及諸綠林
之雄所至接融合累次経營越边暴動之事失敗再

四。然壯志益堅。曾在香港。製造無煙火藥及炸彈。藥爆發幾至殞命。幸但炸其右手之指。然尚能用兩手指辦事如常。曾在香港。以運送軍械事被監禁六個月。又嘗奔走於香港兩粵之間結交中華革命党人及諸綠林之雄。所至輒融合累次經營越邊暴動之事失敗。邊界謀入中圻起事。惜其時法探太多。駐暹越僑又勞力尚薄。竟不得達目的。君嘗與予沿途乞食於暹野。絕無慍容。

雖未成數功，真失敗之革命家也。高行海君，河内人，初嘗

入法医學堂学医業，法文頗精，嘗譯法文所著之雲

南遊記，登雲南雜誌。鮮学校至横濱，竟一洋行來記，

不幸得天花瘟症，死於横濱。君富於耐苦性，初离校時，

旅費無著，然不顧，回國，曾入日本一旅館，爲厨中雇役，壯志

未展，天不予殄，可惜也。黄廷詢，河内人，初名阮繼之，東渡

時年十四歲，入同文書院日文日語班，君爲優生，鮮學

後為留日苦工生。逾一年。其中華留日學生結交華人
愛其重之。介紹於中華駐日大使。得以廣西籍人為官費
生。考入日本高等學校。五年卒業。再考入日本專門師範
學校。為優等卒業生。回華。歷任北京中學教員。既又任北
京東亞同文報館編輯員。君學力高。才俊。工英日語。稍曉
法西文。予至北京。數年間。其外交界周旋。君贊助為多。
俄公使館書記。加拉罕大使之寮僚也。德公使館參

贊咸礼賢德外交之領袖也予屢訪談皆以君為吾
吾人君雖熱誠慷慨而態度極和平辛甘寒煖必与朋
友共之雖流离困苦中歡笑自若距今六年前潘伯玉
輩以甘言誘君邀回國内任高等教員職兄輩人某
亦有书来君皆峻拒之惜君体質素弱旅北京數与冰
雪沍寒戰弗克於予還國前一年以肺病終君亡外交
人才失一熟手予亦失一心血友李天何

梁立岩鮮学後，君回華以振武学校卒業生資格
格得入廣東軍需学校，又入北京士官学校，皆為中華官
費生。君天性雄悍，於他学問多不留意，惟軍事學
及戰術一科，素所踴躍。短刀匹馬之志，幾無一時
忘之。欧洲戰將起之前，君以勇於冒險故，屢往来香港
間，被香港法探捕獲，解回河内，被徒太原。然太原
光復七日之役，君竟為其革命軍之先鋒，乃知人但
人但患无志氣，不患无表現之一日，覔於梁君而信矣。君

此事不及譚[illegible]

第梁毅卿君鮮學後為苦工學生幾年半由華
人介紹得以官費生入日本高等工業學校後以肺病
重謀潛回內地服藥至香港被捕解送河內得寬徒高
譚其生名譚闊器君東渡時知留學生寫面必不能
久持常謂予曰我輩所因須一方面謀教育又一方
面籌暴動其或有濟予大然之譚君本世家子通
漢文粗鮮法文義氣熱誠時流露於詞色初丙午
軒務在東京同胞聚処凡六十餘人君自任厨務

吾輩常戲稱君為內務長。乃至洗盤洒掃之役，君
皆樂為之。解散學生令下，君憤然曰：汝不解散哉
宜自解散。堂〻七尺，安能久事筆硯間，身既則
同校諸人俱領旅費或路費，君獨否。盡焚其所
讀日本書，但袖攜予所著海外血書新越南
效本，欣〻然齎東京。君是時已能為日本語，詣一日本
本建筑公司，自乞為塗泥匠，日得工銀六角。惡衣惡
食，儲積至半年，遂向日本槍枝商店，密買六響短

短槍二枝潛帶入內時予寓香港為己酉年春安世
黄公方与法宣戰君携予密信入大安会魚海翁謀
中北二圻同時為大規模之暴動且為黄公分敵力乃
因陳滄甚富軍械不竟而初庚戌年春魚翁已先
殉難君乃不得不出於犧牲身命之一策与其同志一
人袖二槍枝潛入河東某大奴宅謀行刺未及發被捕
送獄得徒終身案發往高平初君入獄曾自囑
其吾不得死及乃至高平遂成仁焉君於被捕前一日

有密書寄予內有云風潮一落人心大變時事已不可為弟將尋魚翁於地下矣惜君在東時絶不肯道真姓名君此辰已蓄志矣予但詢為某按察之子曾稱蔭生者

中圻 盖廣忠廣義人原名武慎君當日為芸工学生幾半年復回中花入北京士官学校習戰畧研究軍事学寢食不遑大有磨厲以須之氣卒業後君請於袁世凱總統乞給路費探察粵滇詞萃越邊○○○月形為閑兵時之預備袁嘉而許之崎嶇跋涉它○○○○

溪勞頓憔悴於嵐瘴之毒癸丑年九月由雲南至廣
東脳病大發入医院数月病日增君奄卧病床深以不得
馬革裹尸為恥遂自投珠江予嘗修君傳有贊云
秦帝魯連恥楚湘屈平墳香骨投清流江海无
時尽君常兩度潜回内地帶南義學生六人出洋今
尚有留外者
黃仲茂乂安人原名阮尚功通漢學工科舉文新
潮初起即廢舉業破所有産業之出洋入書院逾

半年。工課優於儕輩。研究各種科学日文書幾无暇晷。尤注意於軍事之練習。解学後回華。專与中華革命党人結交。嘗入嶺南学校習官話。為華語一如華人。蓋為入華兵營之準備也。時蔡松坡先生在桂練。桂新兵。君因楊振鴻營長介紹。得入營兵寔習兵事。射擊法。陣伍操練法。俱甚精。大為松坡所賞鑑。離營後。專潛心於兵革命方略之考究。越南光復会成立時。著有光復軍方略一書。其太半由君創稿。歐

戰勃發時君盡銳意於兵事之進行奔馳滇桂間數月匹馬短槍風雨不輟君所結交多為華兵官往来頗密因招納粵桂散兵得數千人槍械粗足謀攻入諒山君於此時謂大業可乘立就也不因中華忽對德宣戰外交政策一變法人要脅華政府英勸我人予既被粵政府拘留而君所收拾之華兵亦同時被解散會國内太原光復事發消息甚佳君因急應自以所部我兄弟得三十人由鎮南關入諒山界襲攻一法兵屯因料有我習兵

倒戈故也。詎意攻至屯。而習兵與法兵俱反攻甚烈。君遂敗走回廣東。謀往暹羅。由暹羅界入中圻。繆至香港。即為法探所獲。捕回河內。送入獄。法吏要以以首服得免罪。君不屈。竟被槍殺。刑時叢數十槍射之。待虜處刑其慣例也。予所著越南國史考。批評語及跋文。皆君遺筆。陳有力。又安人。原名阮武虔。予業師東溪先生之仲男也。家世本儒。而秉性特異。有赳赳武夫之風。年十五時見予所著琉球血淚新書。竊以遺背人讀之。輒廢拳

業文不復習專從諸遊俠者為捍拳厲劍之事嘗手刃
阮怙舉人而倀也君初志不在出洋專因內地暴動之政策
賊怙死後忠翁恐誤君前途強之出洋然既入院得撥為軍
事之訓練則亦大奮發肩槍腰劍廢寢忘餐解學後
仍留日為苦工學生及圻外侯被放逐君認為奇恥欲
有所洩同志皆勸止之君乃棄日回華適是時蔡松坡
練兵廣西廣西有陸軍幹部學堂君與阮焦斗阮泰拔
三人同入軍校為將弁之學習三年在校常踴躍臨戰場

卒業後回粵補少尉得率領一小隊臨操練時兵士皆桀
悍之越南光復會成立時君願往暹組織越僑光復軍自
当一隊予以光復会總理資格特委君為住暹光復会
支部部長君既至暹奔走暹内地及老越各边界凡有我
越僑民之処竭誠運動入會人数大增等欵購械亦已有
落著所未有能决者為率衆入内之時间耳會暹羅是
時亦对德宣戦暹政府徇法人之請大索越南革命党人
加以縄束法走徇北圻人名雄中圻人名甚極力踪跡君捕

得君。引渡於法政府捕回河內送入獄勸君首服即免赦。君不屈。同日與黃仲茂君俱槍斃於白梅山下。殺時亦叢十餘射之。如俘將例。君臨刑時有自輓聯云。江山已死我安得偷生。十年來礪劍磨刀。壯志持扶鴻祖國。羽翼未成。事忽焉中敗。九原下調兵練將。雄魂願作國民軍。

阮琼林河靜人。君出洋時僅十五歲。然志氣剛決寡言好學。僕如成人。辭學後留日為苦工學生。逾年半。旋回

華入廣東兵營。親為戰地之實習。出兵營後。又研究製
造火器之學。能製造无煙火藥及炸碑爆發藥。忍耐異
常。任何勞苦無所避。嘗於己酉年。以密輸軍械事。被
香港英警吏捕送獄。監禁數月。及英政府察知為越革
命党人赦之。蓋是時英政府与我感情尚好故也。越南光復
会成立。君竭誠結好於中華國民党。甚得厚援。会中
華癸丑年第二次革命軍起。君自報黃克強麾下。
願助戰役。黃特留守南京。任君為中隊長。嘗鼓勇前

驅視碑雨鎗林為娛樂地袁軍攻南京京城幾陷黄與
走。蔡軍諸士官素知君為越南革命黨志士咸勸君走。
謂君曰此無涉君革命事宜留性命以俟時机君慨然曰
人以兵付我以其能殺賊也今見賊而遁何面目為男子乎奋
戰益力竟中賊碑二傷臂及胸竟死於陣君前屢次由
暹潛回内查察内情謀有所舉動皆為偵探所梗僅得
脱身嗟乎君一失敗之寔行家也
務求精又安人君有巧思解学後專習為兵器之製造家

能依日本鎗式造五響長鎗，枝較明治三十年所造之鎗，幾不能辨。予嘗密運軍械回暹，謀送入內。君為予製秘密籍，海関吏檢察，竟不能發。庚戌年与鄧子敬回暹謀營田，竟死於疫病。惜哉。

丁兄潘資良（河靜人）乂安人。鮮學，後為日本苦學生，皆幾一年。丁君家本中產，破資出洋，後回暹謀入內，預暴動事。行至東君，得重病，他鄉風雨，夢影呻吟。惟居亭為潘公廷逢首部日領牧晴者，与之左右。每熱病太發

沉迷如死。則語曰殺賊殺賊。連月臥病。床未嘗起坐。及得

鄧子敏至。忽蹶然起。暢談革命十年。約三十分点鐘。大笑一声

而瞑。予極哀之。時予亦窮困至於極点。輓以聯云。不能死又

不能生。展轉病中。說痛史到君无底痛。與俱出誰與俱

入。蕭條身後事。悲場任我自由悲。

潘君世家子。文舉人。初補教授。國子棄官。為成泰十九年 乂安人於

秋。君方成婿未一月。棄妻出洋。君在學困工甚勤。鮮學

後鞅掌於苦工。且日本寒重。君体素文弱。得肺病回。卒死

於病院。初君病甚。予患其不能生也。苦勸君權宜回養鄉以身存。君固不肯。曰寧死於人境不願死於鷄豚界也。君天性聰慧。讀漢文日文書。俱一覽即能了解。惜其以体弱而夭。体育之関係何如哉。

○○戊申年二月。予將為暹羅之行。回香港。接枚老蚌先生自內出。同行者為黎逸行君。携有青年學生數十人。枚公由天主教全体所委托而來。為維新会教徒中人之代表也。先是出洋學生。尚无教会中人者。自枚翁出。教会亦派遣人

出洋如黎金声黎洪鍾阮牡丹刘安丹輩前後共数十人
為宣講師者金声燕丹其卓卓也燕丹後改姓名為李仲
柏隸中華学生籍考得官費留学日本卒業於高等
學校工業又入帝国工科大學得工科学文憑甘君工学
程度極高然不能回国為国民服務今在中華充傭
雇之工程師可惜也校又勸渡日本予以珍重教会之故会
全院学生佣迎之翁極熱心於教徒之鼓動著有老蚌
普勸書大有影響翁後往暹羅謀回国法政府控

於暹政府被監禁四个月旋被放逐復来香港港政
府徇法人之請監禁三个月旋放逐又来廣東復被袁党
竜濟光徇法人之請偕予入獄予獄中慰公詩有句云
身世幾回瀕死地鬚眉三度入囹中四年竜死後得
釋赴上海被法控訴於英引人引渡於法領事解
回國又被獄凡(幾)千番(乃得釋)一以生哀惘同胞之故嘗辛茹苦百
折不回真基督教主之弟子也予從前未嘗攝影歡
迎翁時予与翁同攝一影散布於國内法人始得予影相云

丁未年七月成泰帝被废校山阮先生棄官特為南定省督學出洋戊申五正月予自暹回晤先生於廣東邀之赴日先電同文書院囑全体學生派代表於九月上旬至橫濱候接至東京開學生歡迎大会是時東亞同文会方為我學生築新院氣象蔚然一新即借新院堂為歡迎会所先生著有開校演說詞及勸勉學生歌一長篇有句云粓鼓[illegible]賊斂鉢羨洒淬罷習買甘又著有遠海歸鴻一集俱付印寄回國內先生後於歐戰

時期常奔走暹羅香港廣東廣西間力因起革命軍之事。然俱弗獲展志。遂隱於禪。華人談佛學者。樂與之游。噫如先生者。殆我国之鄭所南朱舜水者歟

1908

戊申年冬十月。解散学生事已完。公憲会亡。予知日本宗可倚。專傾向於中華革命。及世界各民族之与我同病者。初予之謁孫中山也。孫介紹予於宮崎滔天。宮崎滔天者。日本浪人。而富有全世界革命之思想也。予初晤君。君謂

予曰。貴國之力。必不能以倒法人。其求援於友邦。未為不是。
然日本何能厚援君。日本政治家大抵富於野心而貧於
義。使君宜勸諸青年多學英語。或俄語德語。多與世界人
結交。鳴法國之罪惡。使世界人聞之。重人道。薄強權。世界
正不乏此等人。始能與公等援耳。予時未深信其言。至是
益驗。聯結世界之思想。乃於是始。然欲浪遊歐美。則予
不能為無錢之旅行。而歐文不通。其愧為世界之盲聾

矣。結納歐美之一事。不得不期於異時。其第一步。則指先
聯絡全亞團結諸亡國志士互相提挈。以共躋各民族於
革命之舞臺。而一方面、則專以革命之宣傳為亡
国時期中之教育。因是而困難之問題又發生。蓋予於
是時、內欵不來。囊空如洗。而旬日間哀鳴所得。已為諸
學生席捲以去。旅居費、外交費、印刷費。一切烏有。聚十餘
窮友於一室。長歌當哭。時喚柰何。山窮水盡兮無路。柳

暗花明別有桂浸假而遇一奇使人則淺羽佐喜太郎先生
也。淺羽先生嘗救助阮泰援於沿街叫苦之中。阮君於公寓
会成時因讀報紙得知之。遂請於淺羽先生赴東京覓予
等先生許之。且令入同文书院。而親給以学費。予輩同人。
咸嘖嘖稱義俠。至是予以境窘情迫。念惟有出於丐之一
策。然望门呼庚。談何容易。非素知為義俠者。何敢一鳴。
爰以意謀於阮泰援。阮君然之。予乃修一乞丐书。阮君持往。

嗟乎。施尚未酬。求又無厭。況平生不曾面謀之乞貸。其多

想不已窮乎。豈意予書。朝來而匯票夕至。先生既匯到予

銀日金一千七百圓。且附以函。函中但云現捜括敝舍所存僅

得此數。俟後有欵。如尚需者則速以書來。只此寥々數句。

一切客々氣辭。不曾帶及。予於窮困中得此。喜可知已。乃於

是欵中。摘為三項之分配。最多者為外交費。印刷費次之。

旅居費又次之。既則奔走於中華革命黨與日本平民黨之

之詞。首得章炳麟先生張繼景梅九諸人為之唱。繼則朝鮮趙素昂君。（此人嘗在阮美汁識阮愛國）印度帶君斐律賓恒君（此二人皆欧文姓名今不能記）等及其同志数十人。皆附和之。而日本大杉榮畸利彦宮崎滔天等十餘人。（大杉畸二氏為日本社会党之領袖者吉分秋水之同志也者）尤表同情。以戊申年十月組成東亜同盟会。我國人為会員者。潘是漢之別名鄧子敏阮瑔林等十餘人。此会成。為聯絡東亜之胚胎。時予頗含有希望。然又念唇齒密切之関繫。莫如中華而兩粵滇

桂尤与我密切。則又奔走於滇桂留日学生之间，謀創立滇

桂越聯盟会。雲南学生會長趙伸君。廣西学生会長曾彦

君。皆大賛成。旬日之间，桂滇学生繹絡聯臂。於是桂滇越聯

盟会成。会章程須捐助総会基本金。予於丐得款中摘出

金二百五十元。供為全國人捐集款之。此為丐為款外交之時代也。

至於國内革命之宣傳，則大注意於印刷物。於是取前所

著海外血书付石印，内備三種文，一為漢文，二為簡体國文

三為新体國文共印成三千本而止。南史考又方在編纂中。亦趕速印成。共費七百餘元。又因陳東風自殉事。修陳東風傳亦俱印行。於不日回香港。設法尽送入内。此為予焉歎鼓動之時代也。不謂敵強我弱。力無援孤。百諸所因皆筆於戲。東亜同盟会成立。繼五月因会中皆是英法革命党而朝鮮革命党。日本社会党。尤為日政府所深嫉者。英法二政府。又從慫恿之。其会遂被日警官厲令解散。聯盟被滿清與

法人交結[詰]於日政府。日人亦勒期取消。而此会立纔及三月。会遷散。吾人須知處於強權世界。絶無一正義公理之会。而能堂皇標揭者也。戊申冬即成之海外血书三千本。未及發送。而日政府已悉攵沒收。焚燬於法國駐[住]日大使館之庭前。幸存於沒收前十分鐘。接密友急告。僅走得一百五十本。文字之厄。亦奇寃矣。然雖此等行為。固皆大可痛心之失敗。然尚能造此失敗。則亦不得不謂之成功。設使當時無淺弱

而運載建築工程。尚須費一百元以上。予捜囊中僅一百二十元。
度必不能成。然已許與死者。則又必踐之。爰与李仲栢君詣淺羽村長幸太
郎家。告以予意。并詳淺羽先生義援予之故事。因知先生
所為。絕未嘗向人言也。村長大感動。且極贊予意。促予速成。
之。予以現款未充。對且願寄存銀一百元於村長家。而予再
回華。俟籌得款。再東渡完其事。村長謂予曰。君能為我
村人紀念。我曾成君志。跋涉往返。毋庸過勞。予喜甚。村

長又樂為予東道主。供其缺乏。於是月星期六日村長引予參覌伊村小学校。村長囑各学生於星期日請各家屬悉集校場。咱村長訓諭。蓋日本地方自治憲規村長即一村行政之主腦人也。至日予偕村長至校。各家長已齊集。村長登壇演說初。述淺羽義俠之歷史。次介紹予與李仲栢君於村民。李仲栢我國人民而日本工科大學工學進士者。繼乃大暢其詞云。人類所以長存者。以其有互相親愛之感情耳。淺羽君能以義俠肝腸

援助他一國人既為吾村人植名價矣。我村人寧讓彼一人為君子乎。今潘李二君冒風濤涉萬里海路不郵我村。為淺羽君豈紀念碑。彼等対於我村人。何義氣真摯若此。我等対於彼乃恝然無以為助。諸君能無辱乎。不惟村人之辱。亦日本國民之辱也。語至此。撫掌声如雷。衆中有起而言曰。我等朴野。惟村長所命。（此村為農村。村中但有武人與農戸文士甚少）村長復継其辞曰。予意欲此紀念碑之事。但由彼等出購石酬匠資。而運送建築諸工

程我村人可以義務助彼成之。葢犧牲勞力之酬金。以完成一美俠之紀念物。亦日本民之大恥也。語未終。諾声震屋。迨後一旬而碑亭成。碑高可四西尺半以天然石製成之。厚五寸。横可二西尺計。字大如小兒掌。完成日。集村人為完成祭典。又釀金設酒以饗予等及来賓。啓村長之計晝。而予僅百餘銀元耳。予甚願我同胞知此義事。故不嫌贅筆也。

1908

戊申年五月初二日。学院中又安留学生陳東風忽〻棄校自死。

死時依中有遺書。未用國語文。詳其意則謂君家富有。財粟可鉅萬。而近日校中學費。全仰給於南圻君屢以未寄回家。勸我父效張子房為國破產。父不答。君以富家子。忍恥偷生。不能為也。特自盡以明志。同胞皆大哀之。臨三圻人行会葬礼。日本陸軍中佐丹波、衆議院議員。栢原文太郎等。及中華留学生。皆参与会葬礼。日本人為竪石碑於墓前刻文云。越南志士陳東風之墓。

己酉年二月圻外侯与予同時。被日政府迫令出境。圻外侯限於二十四小時内。而予則限於旬日内。俱不得逾限滞留。蓋日法叶約成立之影響也。予於是乃專意於華暹之二方面圻外侯回香港。密書寄南圻。囑其最心腹者數人爲籌一宗大欵。將爲歐洲之遊。予則返港租一小樓。得枚老蚌梁立岩同居。寄書魚翁力籌若干欵。將於得欵後。率領前鮮学諸少年。同往暹羅。爲耕牧業。藉以聯絡僑暹之越南同胞。予曾於

戊申年春夏之間公憲会成(初)學生俱處暹清安同謀(附及)外交豫
備乘暇為遊暹之行一度住暹京曼谷城時暹國前老皇
為暹羅之第一英主遊歷遍全欧洲有政家之眼光越暹啓
暹関係尤為皇所注意且予於將出發時曾因大隈以來介
紹予於佐藤賀吉此人乃日本法律學進士而駐暹充政府
法律顧問大臣者予得彼先容皇大嘉納因得接見外双(交)
部大臣某公一次又時往來接合於某親王皇叔之家某親王

以殊礼欵予。皆皇意也。蓋暹羅為民主政体極崇之國。且暹國所以能独立於十九世紀列強者。寔皇一人造成之故。内政外交無一臣民得自決者。予當時曾以来暹屯墾事。商請於其親王。王允為收捧。後来吾党人鄧子敬鄧子生胡永隆輩皆陆續至暹。聚衆分耕。實一行為結好暹人之初幕也。予自被日本放逐後。於即継續前好。再為暹羅之行。而内信忽来。謂安世黄公已与法人宣戰。屢戰屢捷。而松岩君亦由蕃昌屯返乂。謀乂靜響應之舉。予心大動。急欲得軍火潛偷入内援

應蕙軍鄧子敏黃仲茂等亦力贊其議遲行之計因此停頓
乃仍集同志往港以候欵來又要譚淇生君以予信回內嘱
魚海翁查確各種形情即來報告其年三月午生自內出攜
魚海翁所交欵二千五百餘元抵港接予詳叙國內党情武
裝派頗形踴躍但苦乏械倘得少許軍械送給則內欵可
以源源而來予聞言狂喜遂專注力於購械送械之一策先將
欵二千一百付鄧子敏鄧午生二君東渡購械初予在日本結
識一械商為山口商店至是託二君往彼定購每日本明

治三十年式長鎗一百枝價二千元蓋每枝二十元也此鎗式為日
本征俄時所用之鎗勝俄後改造新式視此種槍為前式槍心
五彈子亦名為五響長槍因前式儲存過多恐久留成為废
物故由陸軍部給商家發賣商家急於出賣予以現銀
買一百枝餘買得四百枝共五百枝買成喜甚又用中華革命
党人李偉奇之計畫因得密運至香港祖一小屋密藏之
此時現銀式百元而密運入内之方尚無若何把握適值中華革命
密輸之路多發源於南洋星加坡尤為嚴藪之地乃於

己酉年五月下旬予与鄧午生南走星嘉坡訪中華革
党駐星委員陳楚楠君歎談多爰詢以寨輸軍械之
法陳云向來我党人輸械之法有二一雇洋商船入各租界一雇華
商船入各内地予以我国無外国洋船可雇而法国海關又非
我目的也欲密入各内地須華商船為宜益華商但用大
航船可随意泊一空曠無人之口岸輸械到時可先内人
秘密接收故也於是由陳君介紹予於大華商說定雇
送各費每一百鎗枝須二百銀以上五百檜非一千銀以上

弗克濟事。予時已料此計必不成。蓋籌款一層。決非容易。然亦強諾之。六月上旬。予离南洋。順路赴暹羅。將求援於暹前親王。若暹政允許。客輸則飭為裝載貨物。可以通過海關。此為上策。既抵曼谷城。謁前某親王。初時某親王允為出力。及磋商數次。則外部大臣極反對此事。蓋恐事洩則大傷法暹交情。而於外交慣例亦大不合。予不得已。仍返港。淹留隱忍。專望再有款來。則行雇借華商之一策。適潭其生自內出。而拂心失意之凶信層至疊來。松岩翁已被捕。

1909

荃慎翁已陣亡黃軍孫手獨掌望援之熱甚於水火魚海翁

声嘶力竭而亘款之集尚在計畫中所望者人心尚未冬亡則

潭君起行前又靜習兵由奮傳二隊長主持謀襲攻靜城

此事若成危局或可挽回予聞此則急促潭君為語在內

諸武裝派軍械已購成但要有款一宗早晚得便送回密嘱

魚海翁預[illegible]又靜廣南諸海岸尋覓善地準備接械之人

一得款來則械往矣己酉年八月潭君持予手未回久之尚無

款到時念送械事憂心如焚蓋密械久藏既慮英警

偵知。又慮出械時成為廢物。且一旦黃軍消滅。則右臂已折。械入亦何能為。又久之則漁海翁之凶信倅到。則予手慌脚乱。心如刀刺。呑声禁涙。謂天無知。計自戊申年秋。迄今內信所來。須皆驚心動魄之事。而其使予一慟欲絶者。則至於漁海翁凶信而極矣。申年夏秋間。中圻義民抗租之惨戮。北圻烈士毒殺法兵官之大犠牲。東京義塾中圻諸商会学会相継告亡。而心血諸同志。又一時因死流竄。天涯憔悴。無涙可揮。髀肉蹉跎。有生亦贅。蓋為予於此十年間最失意無聊之時代也。

1910

○○庚戌年二月中旬浮阮枚林君来仁云今年二月朔日法人以西南兵圍魚翁住所翁尽焚其依所存文件先以短鎗射斃一國兵從則以鎗指近身一習兵而言予尚能殺汝但以同種殺同種我不為也遂回鎗自射其喉而死此寔為予之第一箇致命傷也初小羅公被逮而諸同志如南昌烏耶九垓等俱未亡人静詗尚有魚海翁主持巨款之来尚有幾分希望魚海又亡則此望絶矣所儲存在港之軍械計無用之適是時中華革党將謀襲攻粵城秘密購械事詗於予党

予乃謀於在港諸同志。権以此項軍械贈与萃党由孫中山之兄孫壽屏派人接收。計共鎗四百八十枝。槍刀槍帯彈子俱備。想以此厚结感情。邀報於彼党成功之後。雖窮計亦善計也。存下槍二十枝彈子二千包槍刀二十口。俱裀觧密封。裝入貨箱。買一等船票。亲往曼谷。以為一等船行箱或可逃關税警兵之耳目也。不意一到海岸税関。則以箱亲過重。開警与之前。此冝除僥倖之策。亦終無成。至使琮林君得數月監禁。此亦槍枝之賜也。

1910

〇〇庚戌年春夏之交予潛蹤廣東省城時香港澳门輪船

各埠頭携將所儲存各書逢人叫賣藉名匿姓為拓落無聊

之生涯賣未告白文有句云濡毫血淚原藉為革命之先

声矣路英雄權借作吹簫之後亦趣語矣時中華諸学生

商客須多蓄革命思想者見予賣未间有以逾格之

價售之衣食各費豈於他良每早出夕返或日得銀二三元

輒聚二三同志往飲劇醉醉態以阮琮林君為最佳君天

真爛漫毫無俗姿次則為梁立岩君素不喜飲至是亦

縱飲豪醉賣卜所得錢每日輒盡一日酒罄梁君知予袖
中尚有錢呼予添買而予以無錢對梁探予囊得銀數十仙
大呼曰須手刃此老奈何靳一盃酒不給我耶其最可笑者諸
人出賣多空手而還惟予出賣則日或二三元有日得五元者蓋
鬚眉瑰偉而衣屨蹣跚好奇者多憐而厚售之者也自是
一連三四月予專爲賣卜老先生持酒中雜咏頗多有一首
大爲予黨邑人周師太所贊賞每面予必浪吟此篇予因
記之倚樓南望日徘徊心緒如雲鬱不開跡雨深宵人暗

泣斜陽初月鴈張田可無大火燒愁去。徧有東逃恨來。顧

影自憐還自笑。同胞如此我何哀。　周息人者廣東省香山

縣人。通漢文。壯而寡居。常開塾授徒。為養子討子周鉄生亦

以授書為業。遇予賣米於途。引予謁母。母素有豪俠氣。好

談古豪傑快事。既見予。知為越南革命黨人。則大欣賞。

謂君等窮途中。不妨借我為東道主。是時予等窮窘極。

苦於租屋之錢。乃携母所。西開黃沙周氏女館。遂成為予

等之居亭。自是以後。凡我黨中人。老若壯男若女。無一不寢

食於其家者。食住各費。量所有供之。酬資多少不問也。予
覺遇有急需時。家中無錢。則典衣服賣簪珥。代爲料
理。母義氣甚(深)重。膽量亦豪。予嘗(覺有)藏炸弾火器於其家。亦
不之惧。陳有力鄧子敏輩借母菜刀。以深夜殺法探某於其
家。母晨起笑問諸人曰。君等昨夜乃宰得一猪乎。予爲君
等覺。母(其)子周君亦以予故。被竟濟光監禁十餘日。母亦泰
然。母对於予覺人。幾如其至親之子女。今年逾八十矣。対予
等之感情始終乃如一日。嘗有某某等二人皆前嘗寓於母家。

幾致年矣其後回首皆觉以法佢来探党事入母家出重金
贈母母与之語知金所從來怒罵曰予初養汝等意汝為人
今汝乃狗也尚来見我耶某三人者為之絶跡於母庭天下大淂
意之人嘗於大失意中遇之亦吾所不能忘之大紀念事也母姓
周号栢齡為女教師廣東俗称教師為師太故曰周師太
庚戌年夏秋之间偶得一慰情聊勝無之事時有五百餘銀
元一為黑慧君手交則梁立岩家所寄之款一為廣南某
君手交則南昌等諸同志所送給之款予逢還之計乃

決。因先以銀二五百元付鄧子敏、黎求精等。囑先赴曼谷城預等備居耕各村料。適北所青年有二人來。皆梁先生所送出者。一為余必達。其後改名為張國威，畢業於北京士官學校。畢入萃兵營充軍官。今仍奔走於兩粵間者。一為林德茂君。初出洋。即送往廣東寓周氏館。學習華語。因是時外交方針。已專傾向於德國。故令君入德人所立之學校。名為中德中學校。學習各語各文。準備行人之材料。予夙有遊歷栢林之希望。以通譯無人。旅資亦窘。遊歐

計述々未成至是得林君寔空谷之足音矣君通法文然未
讀漢文旋粵半年而漢文大進既入學堂德文漢文俱
佳總一年得以優等生免學費及堂中食宿費又二年畢
業~~教是校~~校中師生皆重君被舉為初級教員初君在國內
~~時略曉大法至是學文異常精熟~~又進入青島高等學堂
因君於德文最精熟与德人交涉最稔歐戰勃發後之一年君棄卒回暹京
蓋因駐暹各國與國公使皆予与鄭子敬所素通情款者
故以君急往暹備外交之一方面也君至暹逾半年而外交

爲面忽變暹羅對於宣戰暹政府遂徇法人之請引渡君

解回河內時與同被捕者有二人曾爲助教曰阮文忠南定省

人也二君對獄詞皆剛毅不少屈法人以槍殺嚇之林君憤然曰

吾輩寧死爲南越人不願生爲安走狗也雖然吾輩死於兵且

至矣二人遂被槍殺二君君與阮君同日就義於白梅山下嗚呼

林君抵暹京時予已入廣東獄君特來慰予有句云天意如

扶吾祖國肯教夫子不生還之句其悵抱可想矣林君雙眼烱烱

面貌和藹極可親且詞鋒尤爲尖利交涉之材也黃廷珣君

相伯仲焉國當需才之時而痛何如矣

1910 庚戌年九月予再由廣東赴暹羅將步伍子胥耕於鄙之
後塵也同行者有勞働輩四五人念櫛風沐雨簦笠泥塗
非此輩人莫適故携之偕但其中得一人焉亦大可紀此人稱翁
訂芳目不識丁而豪俠之氣得於天性童時跟隨法人至香
港嗣學理西膳業頗精充法國洋行廚夫長所入銀漸豐
独身不娶無家室謀然喜歡接南人因知有予党港中
越南商團成立時君捐錢独多每月五元未有嘗缺聞

談革命事。則甚願棄奴隸業。為一麾下兵。港中越人為陪丁為伙夫者約數十人。君時鼓吹愛國事。亦多有所感激。予時將耕於暹。赴港邀君。君欣然請往。且運動其同業者又得二人。後隨鄧子敬君耕於伴恍。早起晏餐。泥塗寒暑。皆泰然安之。較洋行廚長時西衣西食之紅芳。竟變化達於極點。噫。如君者。動於義氣。而毫無芻利之臭味者歟。九月下旬。予單抵暹。初予此行。滿擬駐暹於其身。為十年生養十年教訓之計。蓋深悔出洋至今。凡所經營。皆兒竪尾屋

之行為也

迨既至暹則午生敬永隆等已向暹人借地營居畧有頭緒予再謁前年所会之老親王詳訴我黨詳情乞為寓黨於農之計求暹政府暗中保護老親王大悅召其皇弟陸軍少將某至以事委之某少將諾焉力任其事集予等於其家設饌款待其夫人親為請餐与予定約每一人初来給以一月食費每銀五銙（暹銀一銙當法艰七角或八角）以後則食於田利所得者且派人指定耕地地為山田名曰伴忱傍大江水利亦便以江流域故土肥而潭距暹京城約步行四

日程。農器耕種，皆某少將供給之。所需耕牛，則借給於其鄰村。村人奉有官意，樂借無少靳。前所被解散之學生，能耐勞苦者皆集於是。予時不能操犁鋤，然敝衣殘笠，摘菜拾薪，亦頗勝任。予又製爲愛國、愛種、愛群歌三章，演成國音，令衆人歌之。驅犁叱犢，間雜以羣歌之聲。途人過者皆停足撫手。亦雅事也。耕侶中有一老兵，名爲周坤（清水人）。頑勇樸誠，有古武士之風。其人在國內嘗應武科，建福甲申年恩試，中武科秀才。曾充弁兵隊長。法人入大城，又充習兵該隊。魚海翁以大美

曉之。攜械為党。翦失敗入山。至是請予在暹。往從之。年已近六
十。矍鑠如壯年人。尤諳武藝。每耕之暇。清晨永夜。則教少年
棍拳刀槍各技。士氣為之大增。予於種種失敗之餘。韜晦待時。
謂為得策。不图總及一年。而中華革命起。趙武光復之聲。
雷轟予耳。予為之翻然改图。第二回又從此萌芽矣。

辛亥年十月。中華革命軍收復武昌。未一月而全國響應
未三月而滿清倒。南京政府創。民國成立。実為予意中所
料不到。此信一來。而予喜備切態。又悍之然復萌。且以為華
黨成功之說。中華政府。決非前時腐敗之政府。中華必繼日
本而大強。當中日二國。皆注全力於對歐。則不惟我越南而印
度菲律賓。亦且同時獨立矣。予悟復回華。且辭東渡謀
為合縱之運動。乃於田所之暇。首起草一小冊名曰聯亞芻
言。全文數萬言。極詳解中日同心之利益與不同心之損害。

書院甫完。先寄書於華黨諸前識，祝賀成功，且微示以予厭困難之意。諸故人如章炳麟、陳其美、謝英伯等皆有書勸予來。予以田所告務一委於鄧子敬、鄧午生、饒華田友凡五十餘人，仍理前業。而予偕同志數人至曼谷，訪華暹報主筆蕭佛成。蕭為華黨駐暹機關之主任人也。見予所著聯亞芻言，為予付印一千本。日本人僑暹者大為歡迎，購讀盡三百本。存七百本，以少數分贈諸華僑，餘悉攜之赴華。偕行者為鄧子敬、阮瓊林、鄧鴻奇，既至廣東，下榻於周師太

家。時為辛亥年十二月矣。適阮海臣君自內出，而談散處
華地之各黨人。如鄧仲鴻、藍廣忠、黃仲茂、陳有力等俱相
次抵粵。南圻阮誠憲、黃興、鄧秉誠亦由暹續來。目的皆與
予同。均欲乘華黨成功之機會，藉手於華人，為收之桑榆
之計畫也。雖然，事後回思，則此等計畫亦甚荒唐。蓋在內
尚無若何之組織、經營，而徒靠外力。此等事依人，古今
東西絕無也。亞國之革命黨也。奈予等此時入內既不可能，在
外又不忍安坐飽食，度此無聊之歲月，不得不出於下策耳。

1912

壬子年春正月。孫中山已被舉為中華臨時大總統。廣東都督即前年來日時所已識之胡漢民也。上海都督為陳其美。又與予素深相得者。而且駐粵諸我黨人。陸續增加。何以百計。圻外侯在香港。梅老蚌在暹京。亦偶來會。方羣議紛紜之間。忽得阮仲常君自河內來。以內情告。則云中華革命成功之風潮。影響於我國甚大。人情激奮。比前驟增。在外者苟有先聲。不患在內無響應之氣等。於是眾議乃大激昂。予乃畧定進行之程序。著手第一步。首先開全體會議。

宗趣内之方針。与其遵守之主義。蓋自留日學生被解散。公憲会亡。加之國内函信罕来。党徒紛散。而維新会章程已成废物。及今謀党務振興。不可無一番之整頓也。第一步則須決定一主義以解決国体問題。第二步則須派遣回内委員遍行三圻。施大運動之工作。第三步則聯絡中華革命党人。設立机関。以致諸有力者。求械餉之援助。蓋是時我党人皆束手空拳。非借外資。無能為力故也。心畫既定。即着手於第一步。以二月上旬。借沙河劉氏祠堂即劉永福前宅為集会所。集全体党人開大会議。三圻人俱預焉。

會議起時，即有一問題，為須先解決者，則君主民主二主義之傾向是也。予自到日本後，歷究外國革命原因及改革之狀況。又心醉於盧梭等理於論（盧梭著約論孟德斯鳩法意，以下予皆於洋流所見之）且多與中國志士結合，君主之主義已置於腦後，所以未敢昌言者，因予初出發時，亦以君主權幟取信於人，設使局面尚存，則手段未敢更改。今則局面已大變矣，予乃突然於眾中提出民主主義之議案，首贊成者為鄧子敬、梁立岩、黃仲茂、徐中北二圻同志，皆大贊成，其反對者惟南圻諸

人。因此中国人对於外康信仰甚深。未能易其脑質。故也。老前輩海陽阮公頗不以君主为然。亦强議。结果以多数人倾向君主主義。决议取消維新会。而易组織一新機関以代之。越南光復会之诞生。即於是時。予所擬创之越南光復会章程。經全体会員承認。亦即是時。其第一條宗旨云。驱逐法賊。恢復越南。建立越南共和民国。為本会唯一無二之宗旨。会職員設為三大部。一總務部。以越南光復会会長彊㭽充部長。越南光復会總理潘巢南充副部長。一評议部。三

圻會遴一年老有學有望者充之。北圻阮尚賢、中圻潘巢南、南圻
阮誠憲。一北行部。部設委員十人。軍務委員黃仲茂、梁立岩。
經濟委員枚老蚌、鄧子敏。交涉委員林德茂、鄧東誠（二人先一
通法文一通德文而兼通漢文故也）文牘委員潘伯玉、阮繼昭。庶務
委員潘季淳（後易以楊鎮海）丁洸濟氏。於北行部委員之外。
又設為國內運動委員三人。（南圻鄧東誠。中圻蔡廣忠。北
圻鄧仲鳴。）於是時也。黨人聚會之地只有二。一為沙河劉家
祠。即劉永福所許借者。可容五十餘人。一為黃沙周氏館。可

容十餘人。餘則散處於各萃人之家。或各學堂寄宿舍。其最可為談資者。則有一事。会已成立。職員已舉。地址已有矣。而臨時政府之公款。實無一文。会職員雖為國姓巧婦。亦不能無米而炊。終日清談。或時討論。因是最緊急之問題。乃在籌款。以籌款之方法。惟在國內運動與在外乞丐而已。於是先行。小出以豫備大出之材料。心社劉師復先生贈二百元。（劉為極端社会學者。創一心社以實行共產主義為目的）民軍統領關仁甫贈一百元。謝英伯鄧警亞等贈一百元。乃摘其一小部份。為三

委員回國之費。尚一大部份爲印刷各種文書之費。光復會章程光復會宣言書皆即行付印。而托三委員入內發佈之。此是時黑慧君已被因火船中無秘密黨友。而陸途艱阻不便多攜。故此等文書。輸入內地甚少。至於內款所得。合三圻僅二千餘元。南圻一千餘元。鄧東誠君載來中圻黎廣忠得三百餘元。北圻鄧仲鴻得五百餘元。國內情勢。即此足見一斑。而運動之艱難比維新會盛時蓋十倍矣。初三委員之派回內也。吾亦注全力於對外之運動。以壬子年二月下旬。上南京。謁孫中山。曾

預第一次國会。旁唱席。時南政府初成立。纔二月餘。而袁政府又悍然起。中山鑒於時局重大之故。讓大總統於袁。予抵南京時。實為新舊交乘之衝。政府事務。紛如乱麻。孫亦應接不暇。予但晤談得數分鐘。談惟與黃興接洽。往返數次。乃談及援越事。黃語予曰。我國援越。實為我輩不可辭之義務。然此時謀及。尚屬太早。今所能為諸君計者。惟選派學生。入我國學堂。或入我國軍營。儲備人才。以俟機会。至遲亦不過十年。關於此事。一切有

所需。皆能办之。其他无能为诸君谋也。弟闻黄言。大为失望。
以为派送学生。则仍依様画葫芦。然亦勉强应之。黄复以
书介绍弟于粤督胡汉民。托胡以料理我学生留粤各事。
盖粤听接我情形密切。为便利我人计。莫粤若也。弟袖
黄书出回上海。谒沪督陈其美。陈豪侠慷慨。弟前所
稔视。彼于奔走革命中。尤与弟同病。弟语彼乃不复
作客气语。直告以国若已援之实情。陈素解弟意。毫
无犹豫。以四千元相赠。弟又告以恼派人回沪。许大剧

烈之暴動。陳初不以為然。謂君當宜從教育入手。乃無教
育之國基。暴動不能為功。予答以我國教育權。完全在
法人掌握。法人所立之學堂。完全為奴隸之教育。禁私立
學堂。禁學生出洋。凡百教育之具。我輩無一毫自由。我
國人求一生於萬死之中。惟有暴動。暴動乃為改良教育
之媒介也。予因舉瑪志尼教育与暴動同時並行之一語
以告。且歷舉從來失敗之詳情。如東京義塾廣南學会等
事。反覆詳解。陳大贊之。遂給予以軍用炸彈三十顆。

予所挂以來之希望。至此粗慰。而陳君之懇。實刻骨不能忘也。予既辭謝回粵。乃開始為会務之進行。米已落釜。灶方起煙。正此時也。於是有一大可笑之事。亦當紀之。先是臺灣諸志士。組織一密黨。聯絡革命旗於臺灣。其黨魁為楊鎮海。楊曾入台灣高等醫學校。得醫學士文憑。聰明靈利。通英文日文。又嫻漢文。富有革命思想。圖謀洩。被日政府逮捕。楊殺獄卒而逃。至上海。日政府以殺人犯控於華。上海華官不敢容。乃变名姓至廣東。得讀越南光復会宣言書

与各種界所共者。遂請加入我党。曾越南籍人意亦光復
会委員。以其人有辦事幹材故也。嗟夫。以亡國之党人竟包
庇其他亡國之党人。事亦離奇甚矣。界因憶在日本時。界
選我國学生四人。入振武学校。印度革党。時亦多駐日
者。以面貌太与華人殊。不能入軍事学校。党魁蒂君求
援於我。顧承認為安南人。為之先容於日政府。我輩不敢諾。
時廣西陸榮廷為桂軍統領。創辦陸軍幹部学堂。界以
書介紹蒂君於陸。陸嘉其志。隨婉拒之。無何力而倚賴其人

困苦萬狀。雖然。萬我党失入北京士官学校。入廣西陸軍学堂。入廣東軍官学校。教之、养之、保全之、毫無所吝。華人之對我。其感情不已厚乎。

壬子夏秋之間。為越南光復会派生後之試啼時。雖種種失敗。無一可觀。而百計脳胎。皆可指為具体而微之事業也。今摘詳其最大端如下。

一為民主主義之確定。此事已見前段。

一為越南國國旗之創製

会初成立。即著手於光

1912

後軍之組織。四年來遊學生類多入軍事學校。其北京士官學校。有梁立岩、黃廣忠、胡馨山、何當仁、阮紹祖、鄧鴻奮、潘伯玉等。北京軍需學校。有劉啟鴻、阮燕昭等。廣西陸軍幹部學堂。有陳有力、阮焦斗、阮泰拔等。至若黃仲茂、阮琼林、鄧仲鴻、阮海臣輩。皆久在兵營。為軍事實地之演習。得軍隊而操練之。不患將弁之無人也。既有軍不可無軍旗。有軍旗不可無國旗。向來我國但有皇帝旗。而無國旗。亦一怪事。至是始製定國旗。徽樣

用五星聯珠式 ✕ 因我國有五大部。用此式者。表示五大部聯絡强一之意也。旗色用黃地紅星為國旗。紅地黃星為軍旗。黃以表示我人種。紅以表示我方輿。南方屬火火色紅也。其為靈。主殺伐。用為軍旗之星。即取此意。

一為越南光復軍方略之編定。

全書可一百餘張。顏以國旗軍旗。內容分為五章。

一光復軍之主義與其宗旨。

二光復軍之紀律。

三光復軍之編制法。

四光復軍之職員與其俸餉。

五光復軍預定進行之計畫。

時黃仲茂任軍務委員長。本方略書第三章以下皆黃
君起稿。予但略加潤色而已。第一第二章則予手撰也。
一為越南光復軍軍用票之印刷。
時予鑒於宣傳政策之徒托空言。與和平緩進之徒勞夢
想。即如東渡遊學。國庠不成。義塾以義商作繭自縛。
宣傳緩進等套語。已視為不入耳之談。蓋非但思惟術
得武裝革命之實現。與暴動革命之實施。否則為尋一
得死之法耳。然欲實行暴動。不能不有待於經濟。款資

本之經濟。經濟無從來。枯棊殘局。惟須注一擲。雖敗猶勝於待斃。故一切明知無益之事。皆僥倖爲之。聊以有心人懸予爲設此金耳。時有廣東革命黨人蘇少樓。曾充吾軍統領。而今被解散者。彼昔嘗偕我國提黨軍由諒山進入鎮南關。甚悉革黨故事。與予爲深交。極表同情於光復會者。因爲予畫策。謂其印發軍用票。一方面散布於兩粵間。一方面散布於內地。派人遍行各處。廣謂消息。事幸而有成。則以實金收回票額。國甚易之。不幸而無成。則亦一種

欺人取財之文明办法也。予以為然。乃黃仲茂與蘇己向革命
黨人之習於其事者。秘密製造。定為四種票券。券面上一行
文曰越南光復軍軍用票。中心為銀數大字。五元十元二十元
百元共四種。四角數字如之。後面用漢文國語兩式字文云。
這票係越南光復軍臨時軍政府發行。依票面數字兌換現
銀。俟正式越國政府成立時。以實銀收回。給息一倍。禁冒假濫
發。違者重罰。署名為潘巢南。檢發人為黃仲茂。電印
精巧。與中華紙幣一樣云。

三 一為振華興亜会机関之成立。

前段所述第一步第二步之程序。已畧見施行。今又於第三步之試行矣。謀武装革命之実現。只有二方法。在內則運動習兵。在外則借援於華兵。而且軍器軍需皆不能不有求於華人之援助。於是一方面注重於国內運動員之派遣(此事失败具載太言之盡為痛心詳見後段)又一方面注重於華聯絡之机関。蘇少樓鄧警亜諸同志言於予曰。革命事業要重実行。然有時亦用虚声得之。不過以虚声發其端。而以実行

首其後耳。今諸君實力缺乏。則不妨製造一壓聲之具。今須設立一機關。散布表面。聊以引起人注意。使粵人諸君等內容。必已得十分之五六。然後出為援助。此則兵法虛者實之之種作用也。予用其言。又參以己意。幸陳其美君所給之款。用於前段各事。費去二千八百元。（即印刷費外，郵費，旅中費，遣人回內費與其他零雜費）尚存一千二百元。寄留下七百元。為特別行動費。（事詳後段）而以五百元。俱用於振華機關之費。先擬一振華興亞會會名。作振華興亞會章程。及其一切宣言書一本。

以示蘇聯諸同志。彼皆大為讚許。宣書頗長不能盡錄姑摘其大旨如下。首段盡言中華地大物博、人眾、皆甲於全亞洲。又為亞洲文化最古之國。當為全亞洲之兄長。決無可否。欲舉全亞兄長之責。當以扶植亞洲諸弱小國為獨立無二之天職。強乃痛責滿清時代放棄其兄長之天職。中段則詳敘中華國恥。全在於外交不振。外交不振之故。又在於國威不揚。欲揚國威。除對外排歐更無他策。而排歐之事績。莫若先排法人。欲排法人。必先援越。此段述其理由甚詳。大意以為

英人海軍偉大。而中國尚無偉大之海軍。則英未可圖。日本方與英同盟。又新強之國。其燄方張。況同種同文之邦。只可結之為友。德國國皇有雄霸全歐之志。英法俱所側目。今欲剪法。德人必表同情。此於時現只宜結為強援。俄法為同盟之國。攻法俄必助之。然苟德人出援。則德人足以制俄。且俄國內革命之潮方熾。彼堪同江未敢大逞於外。而挫於日本。彼尚不敢逞志於華。此外豪情帶之無可慮者。至於疆場軍事。則援越之戰。其勝負必在中華。越地毗連滇粵。糧道接

濟。甚易為功。華軍一入越疆。必可以困糧於敵。此勝算一也。越地逼近熱帶。而法人以寒國之人臨之。耐熱久戰必不能及華兵。此勝算二。華越地相接。而法國隔越遠在重洋。接濟之兵。必華利而法鈍。此勝算三。法兵駐越為數甚少。緩急之倚越卒。華兵一入。則越兵必皆倒戈。此勝算四。末乃言華法未宣戰之前。宜厚助越南革命黨。使其勞力於以擾越法人。即所以為中華排法之先鋒隊也。結論則云。華國威振。則東亞必固之而強。而其第一著手之方針。莫若援越

以排諸以上所記。宣言書之大畧也。
章程与宣言書既付印發行。萃人士務贊成者。乃租借廣
东洋式二層樓一所。共十餘間。內外分為三廣廳。每月租金三十
六元。初租時。設立一医院。門前掛一招牌。木質而飾以金色。題
回东朋。医社。四大字。西医主任為楊鎮海。中医主任為枚老蝉蓋
以此為招致來賓之媒介也。医社設於最外之廣廳。中一大廳。
則為振華興亞会会所。又內廳則專為越南光復会会事冠
冕堂皇旗幟鮮明。越南革命黨之表面。尚已差強人意。

蓋皆虛聲之作用也。時廣東諸報家。多為予直接友。因多文字鼓吹之助。於旬月間。粵人就予願入振華興亞會者日漸加多。開會之時機。察已成熟。乃於壬子年七月日。開振華興亞會成立大會。到會者近二百人。華人工商學界諸有名者俱預焉。乃至軍營頭弁及閩粵名媛。亦有參加者。既乃讀章程及宣言書。取決於大多數之同意。在會人員咸謂可。於是眾頗為感動。粵人鄧警亞與予皆有長篇之演說詞。大眾頗為感動。即於會場中公舉粵人鄧警亞為會長。越人潘巢南為副會長。書

記及各職員皆屬越二人充之。繼即於及進行之程序。照章程中所定之手續。第一步為援越南。第二步為援印度緬甸。第三步為援朝鮮。其目的在於振華以興亞。而其第一發放之砲聲。首在越南故也。於是鄧警亞君首提倡購買光復軍軍用票之必要。蓋援越之工具。百端進行。必需有款。而籌款之法則。發行軍用票為最宜。眾人多有贊其議者。惟開會時認購人共得一千餘元。全付予為越南光復會之用。又於全体会員之中。選舉其諳熟越情。且所願為實行家者。若干人。加入越南光

復會。事從越南光復會之進行。因此之故，於是年八月，改組越南光復會戰員會，以華人參加之。公舉潘佩[巢]南為會總理。蘇少樓（粵人）為副總理。黎麗南（粵人）為財政部總長。梅老蚌副之。黃仲茂為軍務部長。鄧冬生（粵人）副之。庶務部長為楊鎮海（台灣人）。潘李濬副之。交涉部長及其副，以總理副總理兼任之。越南光復會誕生以來，至此乃漸有發達之希望。且其時粵省長為陳炯明，與革命黨頗表同情，故不加以干涉。我黨行動較為自由。入會人漸以加多。購消軍用

票本亦漸及數千元。交涉奔走之費。頗足支持。不至窘我黨
絀窮。之策。相惟所大患者。武裝革命之實現。尚屬萬難。蓋軍械
軍餉軍需。非最巨款至數十萬元以上不能辦。(按數十萬亦爲發
難時一試之用耳。一試有效則倍蓰無算)而欲得此巨款之借助。非至
內有極大之影響。必不能生。吾至是乃不得不假途於一種劇
烈之門徑矣。

一爲劇烈暴動之實現。

敘吾史至此。實令僕吞痛而寫之。所不忍寫而又不能不寫者。

蓋犧牲其有志氣心血之同胞。以奔走國家運命之復活。忽少數人之苦痛。以圖大多數人之幸福。列寧先生所云。殺其一以生其二。吾輩亦何惜焉。不平其事。難料其機。徒斷送同胞於無結果之犧牲。則吾黨之盡大罪惡也。

壬子年秋間。本光復会完全成立之後。黨接國內運動委員三人由國內出。皆云國內軍隊之運動。非先有驚天動地之一聲。殊難有效。蓋彼輩惟急於旦夕之成功。不能為歲月之計畫也。

此等暴動。與運動需款之手段。幾於一致。黨乃於陳款中所

僅存爲特別用者。尚有七百元。而現發行票券之所得。除正武支消外。又溢出五百元。共一千二百元。以四(三)百元給與阮海臣阮仲常。副以炸彈六顆。由諒山間道入北圻。以五(六)百元給與何當仁(鄧子敏副以炸彈四顆。)由暹羅取道入中圻。以二百元給與裴正路。副以炸彈二顆。由暹羅取道入南圻。各人分途出發之後。予以爲别子房之椎。安重根之槍。必同時突發於三圻。以爲權強政治家之三巨(頭)殺。儻得其一焉。已足激動人心而大寒賊膽。影響於籌款前途。必甚大也。豈意結果殊乃甚反。輸入北圻之炸彈。不用之於[illegible]。而用

之於太平樵巡(?)與飯店法商及二退任之法兵官。携至暹羅之作
彈。俱未至目的地。何鄧二人則無桓暹地。彈竟虛拋。非若止路
君則以急激短見。僅於憂省城。殺數小輩僱傭。而犧牲甚
盡可笑之性命。此則大非予所圖。而事後回思。予盡悔料人料
事之才。寡不及小羅先生矣。
雖然此事。實授予以極良好之教訓。初予之啞(?)此計也。以為秘密
行為。不能使公衆共喻。惟於對衆聚談時。輒嘆息怨艾恥不
能為邵子房安重根。而且旦夕祈禱。求此二人之出現。阮海臣

与何御。皆窺出予意。予固不与之謀。而彼奮勇願自任此。阮

海臣於出發時。有留別詩云。藏三十載生平志。發四千年歷史光。

君心之重。已略露於詞間矣。鄧子明於出發時設有國語留別

句云。鼎鐘物夷朱侯奇。寶劍探鐃此嬪荒。則其胸中未全忘

利祿。君已甚明。君心太重。利心未忘。必不能殺身。其理甚顯。惜

其時木已成舟。不可復救。予縱有先見之明。亦難為挽回計矣。

予乃以為此等冒險成仁之事。必其人盡光明磊落。無一點

名利之思。盡沉毅忍耐。有百折不回之氣。而且膽力魄力。

俱壯偉異常。缺一於此。必不能行。或由鼓動而來。或由驅使而得。必傷也。且必無結果。雖然此數人中。則裴正路君之死。真可敬可哀。君之回邏。實奉予命。非君自願者。初君至國內。与魚海有共事多年。實為魚海之心血友。而又予之信徒也。(君為予遊學之徒第)魚海殉義後。君獨為奔走熱烈之一党員事覺被捕。法人加君以從予黨羞之案。君方在獄。会獄中疫病大發。因犯死。日至四五十人。君偽為疫病死去。而囑其門弟偽瘗之。時監獄人不敢近死屍。君竟得以假瘞得脫。瘞後復活。

即潛走南圻。從高蠻間道赴暹羅。旋來廣東會予。適予方經營述之計畫。而南圻一路未得其人。然君遂經南圻。行徑已露。且又素有輕生勇義共。爰托君以事。惜君於沉毅忍耐之氣。尚未十分圓熟。故時常淺忽於其小而誤大謀。君懷彈至曼谷城。因君名早為旅偵所覺。君所至必尾之。君急不可遏。出懷中彈擲之。死二旅偵。而君為警吏所捕。怪引渡於法人。君遂自殺。嗟乎明珠彈雀。寶劍斬蛇。君識非張子房安重根之流。而為予委任不精之罪也。予在廣東獄中。

曾向君萬澤生先生傳。蓋君於魚海洞去時。輸送金錢。密運
械器及文書。往返越暹間年五六次。又靜覺人之行動。大為得助
於君云　比斯炸彈之初計。原豫決其發現於十一月御試
放榜之日。以是日保護行政首官。皆親臨發給冠服。故不意
彈声之發。不於試場门。而於飯店。以露全權之威望。乃能依
炸彈聞之。而遠避其欲。嗚呼陳君贈予之厚恩。反鑄成此大錯。
冥冥之中負此良友。予復何說以辭。
壬子年十二月。比斯炸彈事發。傳至廣東。而予困苦之種之间

題。又從此接踵而來者。大凡一事之成功也。僅得一二事之成功。隨於其後。一事之失敗也。乃常有無數事之失敗。隨於其後。禍不重來。禍無單至。此語吾不得不認為忠言。因作彈事。而法人得有辭以控此舉政府。因我等機關殺人犯之機關也。又曰潘巢南者殺人犯之領袖也。北京法公使屢求舉政府引渡犯人。幸此時袁總統實潛蓄拿破侖亞歷山大之謀。圻外侯曾為北京求謁袁。袁以段祺瑞代理面袁表示歡迎。([illegible])為主權。恐為袁所不悅。以所結交袁氏之事。全推於圻外侯。以侯受袁待

過頻德段之言曰。(大隈伯終必有大戰歐人之一日。嘗謂予曰。中國
不可不對外示威。逼之五六年。予整頓中國完好。惟必以越
南為試驗場。)我國青年學以官費入北京士官學校。畢業
後。袁皆優善之。以法人控案。袁政府皆以無證據却之。我黨在
廣東所立各機關。因此得苟延殘喘。然光復軍軍用票之價
值。則已一落千丈矣。蓋其因之革命行動。影響寥然。而在外
之外交轇轕。反使投機商買其國而退縮。坐無所事。歎何從
出。動而無成。歎為垂死。此則予於進退維谷之情境矣。

癸丑年表。我黨聚集於廣東者。尚百餘人。已傑如殘軍臨大敵。進則猶有生机。退則惟至死絕。蓋從前旗鼓虛聲。殆於大爲無裨。尚是為呼號求活之謀倫也。故仍強擴張之工作。而為擬於僕偉臣行險之時有一事。大可笑。而大可哭。人滿鐵空之患。無日稍舒。不得不權為文明家之欺騙。東朋醫社。廣南日第商家緣現臣貿易。彼素信之楊鎮海君又日語甚工。彼不知其越黨人也。向彼賒貨三百元。賣第度日。未幾醫社瓦消。日商而受其損失。不之恤也。至其他呼號所得。

則專爲同志奔走之用。黃仲茂往廣西結連桂省綠林。及諸民軍之被散者。彼皆槍枝具足。而又皆勝廣之流也。鄧子敏黃興鄧秉誠往香港。設一秘密製造所。專製造爆發器及火藥。謀爲此前之動作。其後黃仲茂被捕。阮誠憲及黃鄧輩皆被引渡。鄧子敏失其手之三指。又被監禁。禍胎皆於此時釀之。陳有力遁之暹羅。謀以少數軍械入中圻。梁立岩潛回北圻。阮燕昭潛回南圻。皆出於冒險犧牲之計畫。三君先後就擒。向以此時爲告亡之兆。嗚呼痛矣。

癸丑年三月。予与校公老蹲專任留守在粵之机關。同住者尚有四五十人。忍饑耐渴不可終日。然尚欲為空城外懺之計畫。爰詳錄河城投毒之始末。蓋為河城烈士傳。付石印成。托杜基光君潛帶入內。秘密散布于軍隊之間。冀引起習兵之良感。以豫策黃仲茂阮式庚入內時之響應也。河城烈士者。據予所聞則為黎廷潤阮治平杜廷仁及台二軒等諸人。於戊申年毒殺法兵家。謀奪械襲城之事。今特加以崇拜之文。洵非溢美。況其為義死之英雄者乎。述此一事。杜基光君之結果。不可不記。予曾

於越南義烈史譯之。今摘其畧如下。君之赴粵。實為越南光復會方興之時。及其漸衰。而廣東廣西還路已梗。君乃回顧得少許旅費。由雲南鐵路回北圻。予因以運動習兵事托君。與初與君同來之一人曰阮黑山。實給君以少洋之旅費。君不以其為偵也。與君周旋於粵幾半年。又入南京軍營習兵事幾半年。同勞共苦。君當信之。及往雲南攜黑山以俱。因黑山時有家錢寄到故。君通法文。國語文亦佳。辨說尤能動人。臨行時攜帶光復會文件甚多。乃大施運動於旅滇之越人。我

同胞寔滇越護路兵及通記陪丁伙夫俗號曰一帶。凡五十人皆加入光復會。未幾歐戰事發。君又得駐蒙自法國領事之贊助運動富美。遂由護路兵之介紹。潛回河內陰結習兵隊長某々。秘密加盟。事將發矣。而君忽被捕。君案所干連者。河城習兵隊長一名。號滇越人自記蘭以下五十餘人。同日被斬於河口。法人以此懲其他之越僑也。君所組織之支部。竟一網無遺者。皆黑山為張之功。君既得斬決刑。黑山以自首免罪。旋得偏奴衛。而所派遣黑山之老張曰阮夏長。

滂援越縣。嗟夫為匹之奴隸之名位。而慘害其黨國之同胞。至五十餘人。我國民如許肝腸。吾意以為之果予聞同日被戮之五十人中。汪蘭尤為可敬。蓋此輩中之翹楚也。惜予不詳其歷史。癸丑年三四月。予住廣東。虞蔚所籌畫俱失敗。則同住之四十五餘人。不死於革命而死於飢寒。常有必至。予乃急為設遂之乞丐。質言之。年來在外之運動。皆文明之乞丐耳。因憶予在日本時。有湖南人鄒輝璜者。我留學振武學校諸君之同學友也。其人富於義氣。尤熱心於革命。予嘗寄之接洽。令民國成

立。君被任為湘軍師長。湘督譚延闓。又於予有文字緣。乃以三月下旬。偕梁立岩君赴湖南。訪鄒師長且謁譚督。初抵湘省。晤鄒。乃以振華興亞會宣言書及其章程。鄒大悅。為設洗塵席。約其同僚陳嘉佑等十餘人。一一為予介紹。且言旬日間為諸君籌集借款二十萬。予因往袁。幾欲起程。詎知遷及明日。而事情忽變。國民黨討袁之兵。已發起於安徽湖北江西三省。湖南以居鄰關係。勢必加入戰團。而前夕所晤談之名要人。時皆手忙腳亂。無暇他圖。昨所許詞。竟只銀三百元。為歡送還粵之費。

1913 1912

事之倏忽変化。計莫善者。以適時運之方也。而不足証信頼人者之必無識也。自此以後。乃為予歷史中最凄涼慘淡之時代。癸丑年五月。中華第二次革命之役起。及兩廣陳炯明去粵。出師援湘。陸榮廷龍濟光受袁命討陳。陳走。龍遂督粵。時袁已潛有謀稱帝之志。外交態度。傾於柔和。陳去龍來。粵政府対我党情形。大為前異。壬子年所成立之我党机関。已暗命解散。蓋深慮其失法人之歓心也。即於是仍回國民學館。而於河南。另借一法人致会所出租之屋。以處其徒党。因是時法

衝突之事。雖未實形。而在舉各外交家。已畧知其發在旦夕。
爭頭開之時。以此早為親法之地步也。此計畫正在萌芽。而吳捷
机警之手腕。殆為權強家所先占。則因內無實力之對付也。依當時
首款數千元。爭必為越法之行。不至為四年之革命因矣。
癸丑年秋七月。法國東洋全權沙露氏親往廣東。直接與龍督
交涉。要求引渡越南革命黨。其重要人為強權潘佩珠枚老蚌。
且謂各人皆有殺人犯之嫌焉。指河內鈸店炸彈事也。龍督許為
捕拿。倏查得証據。即行引渡。粵督署中人有關偵探長

此。曾以事密告予。勸其離粵。予本有離粵之志。所苦此兄弟相依。尚三十餘人。且予去則已各團無團長。生活無可為謀。惟俟漸漸得款。陸續遣散。各人。予亦且遠颺矣。時此外康住香港。予因感恩侯。為因日赴歐之行。而勸侯親回南北募集巨款。以南北非侯親往。款不可得故也。侯然之。於八九月間。首途南回。住留僅十餘日。集得五萬元。初出至香港。即被港督捕送警獄。蓋因沙露抵港時。亦已電求港督引渡康。以予之去粵也。侯為此故。急於脫免。幸經中央金即以港銀三十元繳納於英

國大徐師。求得師担保出外候審。候出獄。急乘日本商船。往歐洲。倉皇避死之中。不敢会予一面。予以是遊歐之計。終不能成。居無何而予為獄中人矣。

癸丑年十二月二十四日。先是有粵人關仁甫者。奉袁慰庭之命。得法人賄賂銀二千元。設為予暗通德黨之証語。以告於龍。且勸龍引渡。龍本一無所忌憚之小人。所以來即引渡予者。僅得一投机之商買品耳。今又聞予通陳。則殺机大動。乃以是日捕予与梅老[illegible]蚌。鐐鎖甚固。如重犯然。而予所居住之同館。突被搜索。其所搜獲皆

越南革命黨之証據文件。無一與陳黨關係文拘捕館主周鉄生。監查五十五日。但絕無我黨與陳黨往來之事。龍乃釋之。既欲居予為奇貨。乃拘予於陸軍監獄室。一面商法人要求以借道滇越鉄路到安南雲南為引渡予之交換條件。予此時性命危於一髮。幸北京內閣總理段祺瑞仁厚君子人也。素讚我黨甚力。而枚山阮尚賢先生時方寓京。任粵議兄弟鄉仲鴻策。乃急以電促枚山乞援於段。段兼長陸軍部。即以陸軍部命令。電龍切囑保存予二人。龍不得已。乃望拘予於覓

音山。禁絕我人不得往來探問。且言於法領事。請已決議斬予。以此結法人歡。而枚老將以爲則別監於警察署。以枚非主要犯故。予在獄凡四年。絕不見一(自癸丑年十二月。至丙辰年三月。龍軍爲護國軍所敗。走瓊州。予始得釋。四年中)我國人之面。并我國人之聲音而亦不可聞。惟予頗諳粵語。龍督又爲粵人。所深惡。予囚於監獄中。結交得廚夫名劉阿三。彼爲粵人。予亦自稱爲粵人。嘗後左右皆龍部滇人。予因是與阿三感情甚密。每數日必密托彼往閩館一次。以故我人在外之音信。得時時密輸於獄中。予時雜吟甚多。但記得國音二首。其一 洶羅高傑洶風流。趙海鎮時海於國。通客空

品評眾徽。史得國罪犯斷洲。怖拜指秩蒲强濟。翩咽嗤散品
懇讎。方乃向群群事夢。油定危險悻悻兜。其二　鳥衣龍衛龍
巧拱能群些些吏性未顯。吞兜國獄導神聖。坦蕩空墻蹈遁
遷。灘洲潑東潮舉鼓。破光霞比撓堆拜。莫擁壞乃吁添助。功
從許秋稀沒嗶。於此圖圈生涯中時或運動得一酒樽。視為
無上幸福。至於下酒物。一味絶佳。則腹中所吐之文字也。綜前
緣所從。　國魂錄文一篇　急後翁別傳。　小羅先生別傳
黃安世怪軍別傳　屠生生傳　人道魂　重光心史　華愚識

（以上爲大篇文）河城二烈士小傳。平西建國檄文。此文作於歐戰勃發時
及其他短篇。則并其名目而忘之矣。
1914
甲寅年七月。爲予入獄後之八個月。阿三日嘗爲予購報紙佐予
藉緩悶。一日讀國民日報。有大字題爲歐洲戰雲起矣之一幅。
予以爲我國於此時。必有一驚天動地之發爲。使獄中人爲之揚
眉吐氣也。詎知自此以後。則凶信竟重重疊疊而來。盡囚我國覺
中熱心赤掬血之好男兒。皆欲乘此時期。甚完我夙志。腦烘胆壯。
突起狂跳。許大將頭顱。畢竟斷送於獵人之手。予二十年而

不死。豈其天耶。今略記其獄中所得之凶信如下。

一梁立岩在港被捕。　二陳有力在暹被捕。　三黄仲茂在廣西失敗。

四黄仲茂在港被捕。　五杜基光在滇失敗回國被決（殉義）。六杜　七　氏林德茂弋致

忠在暹被捕。　八　氏林德茂在河內被決（殉義）。　九　氏敎忠與林德茂同日被決（殉）

于　氏阮仲常君回國被捕　　十　黄仲茂陳有力在河內被決（殉義）

十一雅新事發。南昌君殉義。（按南昌為蔡蕃先生之別名。黨人稱呼之名號

也。君本熱心大義。長於經濟。具有办事才。與小羅西海氏嬪謀同志共事

多年。申酉間吾國黨幾於一空。君獨碩果。追雅新皇以愛護國

1915

丟事敗袁信。君又為革命黨中之重要人。被捕得法人予以死刑。予於入
獄後之三年。始得聞之。嗟乎。惡耗疊隨雲雁至。怨潮時逐
海濤來。予在獄久。一次絕食祈死。已七日矣。其日適得歐戰信到。
予喜復食。豈知其悲乃真境。而喜為夢想耶。予獄中所作哀悼
詩甚多。今不能記。但記得四句云。頸恨不先朋輩斷。心難並與國
家亡。江山剩我文殘句。魂夢隨君涉遠洋。
於此四年中。有一事可特別記者。為我國人所當懲毖之一端也。
乙卯年九月。予方在獄中。忽阿三以一密書付予。予拆視之。則鄧子

敬手筆書大畧云。駐暹羅法奧二公使有以越南革命黨事密訪於暹人。暹羅某親王（即予前所屬与接洽者而贊助予耕田之作者也）介紹子敬於彼。子敬往謁。則許以力援。但須得其領袖來。且注意於圻外侯与予。因予与圻外侯素為暹人所悉。而法奧二公使皆詳[素]問其居址也（圻外侯曾駐暹羅數月。暹羅皇族中人多与之游）。奈今圻外侯方在歐洲。而予又方在獄。請予為畫策。予時以校山先生既由北京回粵。將請校山代之行。予答子敬書。囑以此意。而另以一書介紹校山於暹羅某親王。囑子敬携之返暹羅。偕校山往謁彼。校山從前未入

暹境。得子敬俱往。亦所無多。因此以下。則皆為枚山子敬二人面述者。梅山抵暹。初由某親王介紹於德奧二公使。訂以次日開會談。越日。二人抵德公使館門。則已有門僮守候。纔通帖。二公使即出至門。纔與二人握手。隨相携為散步之遊。既至一空曠無人之處。德公使於懷中。出暹票一萬元。授枚山子敬。語二人曰。援助公等。今尚非其時。此一萬暹元。聊代一盃珈琲。為吾與貴國人結識之媒介物。公等若能於貴國內。發生一種之影響。俟敝國政府聞之。必得我政府之援助。非數百萬元以上之鉅款。何能名為援助。今此

區區者。聊表我輩愛國之熱誠。此但我二人之意。尚非政府意也。
二人既接受此款。携之返粵。因之造出其後之失敗。接此事
雖小。實足見德人辦事之精神。不飾虛文。不輕脫諾。諾則不待我
黨之請求。強則不惜重金之輕擲。而且授金諜事。皆於空曠
無人時行之。慎密如此。精細如此。要之以國內影響之發生。許
之以數百萬元之厚援。重國事而諳外情。無微不至。視我國
人之行事。能若此者幾何。為之三嘆。
此一萬元到粵。當粵諸黨人分其款為三路之用。一路由阮

公孟孝租田東興為謀襄芒街之用。一路由阮公校山。租田龍州。為謀襄諒山之用。一路支與黃仲茂為謀襄河口之用（時黃仲茂方在滇坡）。歎僅一年。而用途異此之多。其失敗在意中事。然深察其内情。則多路進行。特其終第二目的。以坡當時所與黃之款。黃因不受。張果作武敏建阮海臣以數十人襲攻諒邊一法屯。被傷一人。其名曰巴门。事竟全敗。其後黃由暹滇返桂渡港之暹。遭種種失敗以至於死。此事亦其一原因云。嗚呼黨派之意見。其誤事殺國流毒無窮。吾輩可以鑑矣。

1917

丁巳年三月。龍濟光敗。棄粵走瓊州。始放予。予離瓊州時。有雲南人。名曰邳宋臣。彼為龍部下一參謀官。見龍敗。棄龍。願入我黨。予攜之至上海。予於悟出獄之一除事。護國軍起。蔡松坡首唱於雲南。龍謀以一師團假道滇越鐵路。直趨雲南。為軍事上極便捷之計畫。派遣其兄龍覲光詣東京。直接與沙露全權交涉。時我國華語通譯黃院焦斗也。此計若行。則引渡予乃為假道越鐵之交換品。渺之予身。價值亦殊不菲。蓋法政府為世界第一外交家。手腕眼光。俱

極銳利。彼袁黨之徒必敗。不敢樹怨於革黨。況龍為無厭之豺狼。今假道於廣以滅虢。法人非虞公比。豈許肯之龍計不行。而予竟仍為不值一文之越南人矣。

丁巳年四月。予至廣東。投同館。同以為予言近數月來。越南偵狗。某名某名。無日不至以家。盡同龍敗棄粵。法人料予必脫獄。踪予甚急。予住粵僅一日夜。即走上海。地為英法租界。偵狗成群。予不敢住上海。同枚山先生與胡馨山方去杭州。予往依焉。適其時楚狂由內出。方旅日本。踪析外信。以書招

予。謂甫民二千元來則全付之。任所欲為。予念黎初回首。此民胡為來哉。況思久之。方憬然於此民之來路。是時歐戰已逾三年。尚未結束。但閱華報外電。則法軍損失最多。法國北部九縣俱已淪陷。予初出獄。即有乘機還國之思。但桂粵港暹諸水陸途程。俱已荊棘遍地。惟由滇回越一路。我人以途遥費廣。無人度閱。且滇中當路多為舊識。能為懷伯之助。予以是甚願為雲南之一行。計途滇各費。至少亦須一千元。若得此項(黎言)款資。不妨利用。強又接陳有功君一信。

云日參謀部計画。對法宣戰。非日本心。不過遲望多時矣。兩方俱
形竭蹶。則彼必坐收卞莊子一刺双虎之利。現今之此中要人云。已
与法人密商一特别之條約。此計若行。則外交局面必有一番変
变。予於是渡日。表面会黎。而裡面实欲接犬養毅、福島諸人。
探察日人對法之真情也。予時住日又幾三个月。而黎所許予則
但月給旅費二千元之款。尚悠悠無期。予屢要求黎踐約。則云
須月贈五百元。四个月則可充數。至是年七月。乃只得一千餘。照予
回国本心意。不能復待。遂以七月偕陳有功君回杭州。張至杭寓

胡馨山家則急據得一書。由北京來爲引國成黎揖遜二人所
寄予者。黎君於光復會成立時。初出洋。至粵與予會。光復會
解散。君乃上北京入士官學校。畢業後。仍留北京。張君亦歐
戰時期中。二人俱奔走於運動法人之事。但駐北京法公使守持
重態度。遲之又遲。至是舉法總來。天津法租界。法人乃奉法公
使之密旨。訪我越革命黨。懇與以援手。其人爲二君所夙結。以
事告君。且云須立一合同文件。兩方俱有要人簽字乃可。引黎此書。
即邀予來北京謀成此事者也。予時已爲驚弓之鳥。得未虛哉

京蒲。先以書答黎。囑其以越南光復会代表与彼磋商，双方俱
草一合同。俟各得同意，則簽字時，予必親往。黎君接書，乃往返
於天津，与法商接洽數次。彼云現法華宣戰，我輩不日離華，
所有軍械若干、現款若干，恐盡被沒收。若君党能發難於
東洋，我輩欲以此項援君党。此須另立合同，為互換利益之契
約，則甚善也。黎君乃与駐北京諸我党人如黄廷珣、鄧鶴奇等，
斟酌條件，構一合同草文，至天津，惟晤法人為合同之磋商。
初入英租界，未至法界，突被英兵拿捕，搜其懷中，得合同

牒文。乃到渡於法領事。黎先被捕。張君以後行。得走脱。其後黎被解回河内。以違法罪。得發流囚案。死於囚所。此事之結果。探調查所得。則一雲南人爲法探。得賞金三千元。而此雲南人者潘伯玉之密友。彼曾與同學於士官學校者也。予由滇回越之志頗因黎張一信。延緩至一月餘。天津惡耗來。而予行計乃決矣。原通滇省之路。一由廣東廣西經越界北寧河内。可乘滇越路車至雲南。一由上海南京。取航路經湖北四川貴州抵雲南。前一路快捷而決不能通。後一路很遠。而艱苦必可達。予與懐

君離杭時。祕不令外人知。蓋此行所抱之目的甚遠甚大。不圖抵
滇淥。事竟逆心。徒作無一踐涉嶠嶇之戲劇。不得不怨天
公之無事也。八月上旬離杭州。不敢經過上海。由航路至蘇州。
乘滬寧火車至南京。又改由航路。溯長江而上。經湖南湖北
至宜昌。住宜昌一旬。以等待船期。是時南北之戰未息。宜昌
以下爲北軍界線。夔州以上爲南軍界線。軍事時期。川途無
梗。乃向北軍總司令吳光新取護照文。方能雇民船入夔府。
夔爲川地。南軍之第一重要隘也。於此乃發現一大可哭之事。

初至蒙府未及通告於南軍總司令。入旅館坐未定。即問軍營所在。館主以五帝城對。予問五帝城有蜀先主祠武侯廟。所覽古興濃。急忘點檢。遂與陳君相攜訪五帝山。麓及山林麓。遇南軍追哨。詰予所從來。予操粵音。必不能及粵人。彼乃方搜搜括中文。得吳光新護照文。彼以為北軍之間諜也。急引軍至總司令部。部長為王天縱。王傳予審軍法司。司長查審予。且令衛兵於予前磨刀霍霍。嚇以此頭予寫神色。幸南軍有湘省人何海清為師長。予與予素稔。

予乃乞援於何師長。拘一点鐘許。而何師長之照至。予得釋。回至旅館。則館已被搜查矣。夫為好奇覽勝。受一場虛驚。而胆大而心不小之一証也。川中素多土匪。而是時散兵敗卒。瀰漫山河。行人皆為之裹足。館主語予曰。君等非得大軍護隨。則不宜前往。往則為匪所啖矣。幸其時唐継尭熊克武在渝。開聯軍事大会議。而黔軍總司令亦打点赴会。予謁王。乞寄於王。王既知予為越南革命黨者。則深悔前事冒昧。益加禮焉。王乃命以予二人所乘船。夾王船以行。沿江

十餘日。自夔撫渝。(即重慶府川北一大都會也)一隊雄兵。吾為予護衛者。予既入渝。謁渝軍總司令黃復生君。君中華革命黨之先鋒人也。年十八時。偕汪精衛入北京。為暗殺滿清攝政王之舉。與汪同獄。民國成立得出獄。充總統府秘書。予曾一度晤談於南京總統府。今日再晤。歡逾登龍。但念我國前途。去心如焚。黃亦不可挽留。乃贈予以贐二百。七十元滇幣。予行已決。但自渝至黔省貴州行路之難。甚於川北。武侯南征時。所謂深入不毛之地即其處也。今因兵亂。盜匪如毛。淩月山行。生人更

險。駐洽幾半月矣。寢食不寧。度日如歲。幸唐督以軍事會議終。凱旋回滇。予於滇部極願。每為籌議。邀予之偕。一路大軍。亦算為予護衛者。山行半月。乃抵畢節。(貴州中心地) 唐軍駐畢。予亦滞留數旬。唐行予行。又逾半月。乃能達予所夢想之目的地。時為十一月矣。計自八月起程。由杭至滇。所經凡中華省地六。又艱險阻之備嘗。而豈料此艱險阻者。尚非吾最終之日耶。予曾另有西南旅行紀。步步皆可動心。惜還時不能攜之偕也。

至雲南省城之日。為十一月下旬。滿城三色旗与五色旗。交叉飛舞。沿滇越鉄路一帶。尤為三色旗嚴密拂日之區域。予觀之慘然。幾於口呆肺木。因自九月至茲。奔走於長山叢藪之中。無一報紙可讀。（我輩所聞則已退中華為開明之國。僅於中原各省大都城見之。至若山林边僻之區。則甚愚閉比我為甚）抵省之明日。急走至雲南府閱報社。始得知歐戰已停。德已屈伏。法國既以勝國自雄。連數日間。皆為祝賀法捷之景象也。噫嘻。初予於飢寒交迫之中。忽字一

千餘元之欵。方感戴楚程君之不暇。而竟虐擲此欵於徒勞無端之風潮。奇忽而盡矣。雖(此行也)然予之初意。以爲歐洲戰雲。非五六年不能散。我於此時。乘法人之敵。豈有鼻議實鑽之。隙有耳。既實嚼之。其七顛八倒而至於斃。亦固意中事也。況滇越鐵路。滇人豈甘長此讓法。獲援於滇。理亦宜然。豈坐一抵滇城。則法人吞天之氣餒。使滇人心膽俱碎。唐張之元素怨予者。且予來時。攜有黄總司令書。請唐援予。然竟不敢援予一面。但囑其警察長鄭開文(鄭留學日本時與予甚相得)

善視予。又婉勸予離滇。予住滇僅十二日。而其時鄧子敏夫在滇。為運動越僑之計畫。唐爲詢法人旨。堅囑鄧君予乃投一書於督府。請放鄧君。不候回答。遂離滇回杭。萬水千山。毋々此脚蹤來時路矣。行至渝城。則囊中青蚨已俱烏有。予不得已。乃謁黃復生君。黃勸予至渝。入黃幕。給予以聘任文牘。文云。特聘潘是漢先生為川軍總司令諮議官。俸金一百七十元。總司令黃復生印。予姓名之下署官字。實以此為第一日。任職僅七日而領餉期到。予得餉。即辭黃赴渝。

1917

予之目的在納。不在官也。離渝時已爲丁巳年十二月下旬矣。

1918

越明年正月下旬予抵杭。計是行之旅途既艱且苦。而陳君又忍耐艱苦。尤爲可驚。由渝至滇。又由滇返渝。往返凡九十日行程。予踰越時或雇馬輿。陳君則完全恃脚力耳。途間雇用挑夫。擔負行李。彼走甚疾。防彼挑之遁。須步步緊隨此事一任陳君。予但裹一氈。慢隨其後。予脚不敵陳脚遠矣。一日行貴州大山中。山空曠絕人蹤。予行距陳君約三法里。忽大雪驟下。鱗甲蔽天。滿地皆銀。人路不可辨。時日暮矣。躑躅走

1918

一点鐘。則從此山前抵所寓之村居。既勞已寒不可耐。乃以鐘
璽爲臥於雪牀。周圍皆雪被也。口占一首云。「一在山中雪罩
衾。石為之枕竹為茵。明朝殘月擁鐘去。回顧蒼茫我」人亦趣事也。
戊午年至乙丑年。實為予閒散蕭條之時代。革命之行動實
無一大事可指者。但使予驚心動魄為之哭為之歎則有一二件。
予筆下不敢揭遺。然皆自起自沒之波瀾。非予吹之。亦非予滅之也。
戊午年二月。予方為恩人淺羽先生豎紀念碑之事。旅居日
本名古屋。其地有帝國高等工業學校。同志李仲柏君

入學於此。予始就近僦居。聊便晨夕。息接潘伯玉郵寄一書。
要予救校公出粵獄。奔走運動之勞。伯玉擔任。至其費款則
楚狂任之。予得書。深以二君盛心為感。先是粵獄四年間。予與
校音問備絕。一在觀音山砲台。一在廣東警察署。幾如東西兩半
球之距離。所以予在獄遇釋。予意校因時在粵得釋矣。其
仍在獄中。則實完全出於潘黎所報告。彼二人調查之精確。
亦已可驚。而其請予救出之詞。予亦無可謝卻。此事結果。
則校公至上海被拘。予深悔救出校公。所以鑄成拘校之張本。予罪

之大復何能辭。我雖不殺伯仁，伯仁由我而死。料人料事之闊。其遺孽可勝誅乎。

戊午年三月。予接伯玉信。寔致一書於粵督。莫榮新請放校公。旋得黃霞書云此案全由警察長魏耶平查辦。予又致一書於魏耶平。時省政府財政部長曾彥為予舊友。予亦致一書於曾。求為緩頰。至三月下旬而校公得釋矣。四月間校公至上海。即寄予一書。附以希亮、金堪二公手筆。希金二公皆純粹志士被錮鋃鐺崑崙。與九墳先生同時脫獄。結伴泛洋經了許多波折。

乃能至上海也。予昔坐船經崑崙島下。有一絕句云。此物踞吾眼。淒然欲斷魂。平生經歷遍。未得到崑崙。今二公信至。哉猶無盡。豈然吉信未真。而凶信遽到。又四五日。則胡馨香山書來云二人俱被捕矣。此信既至。予自忙離日回杭。欲得此事之真相也。耗矣哀哉。救公之脫粤獄。希皐重基之謝崑崙。皆所以造云潘伯玉者。父擬國之舊。功。而為其幕中人。也。讀耶。則吾儕可不必問矣。

今乃及於法越提携之原委。此亦由黎鶴潘漢予而亦實予

'318

誤信黎潘之罪也。戊午年正月。黎潘同出。會予於杭州。法越提
携四字之名詞。入予耳此為第一次。彼以為沙露全權之政策。
與向來諸全權不同。黎又云沙氏社会党中人。社会党主義與法國
殖民政策大相矛盾。黎又歷陳沙氏種種之政績如立各學堂。
改訂北圻新律。許我人得結社立会如蓄智進德会云云。予初
不甚信黎言。然念果如所言。則將計就計。未必無轉旋之餘地。
予因謀於潘伯玉。是時予左右其共事多年曾背除身災。
助予耳目成績最多者。黃伯玉。而此次黎出。尤與潘盡意

綢繆。潘提携之熱也逮盡點。予來之覺也。潘之言曰。欲成大事。
不可無詭謀。今先生但作一理論之文。專言法越提携之兩俱有
益。法人得書必諒吾意之緩和。不專注目於吾黨。吾所以遣人
入內。與法人周旋。為吾黨之間諜。法人之情狀。吾能窺之。國內
人之秘密。外人能知之。信黎君言甚得策。予信其言。許
彼決無背父母國之理故也。爰著一長篇文。顏曰法越提携論。
倩彊子撰。撰成。潘伯玉繕寫。文末署潘伯玉奉書五字。有謂
意在也。黎攜此書南還。又四五月。而潘公廷逢之變。冕居此

為峯巔翁之忠狥，用間之至難。吾至是乃深信孫子之不我欺矣。

己未年二月，潘伯玉會予於杭州，許沙露全權，甚願與予商提攜之策。予要彼須政府派人來會商，且先提出若何之條件，非得予同意不可。潘諾之，遂入內。其年三月，伯玉先自內寄書於予，云政府已允派員來會。其條件若何，俟派員來，兩方互訂。至其年五月，則有一法人名厄宮，與伯玉俱至杭州。先由伯玉通价於予。予要以會地點、會日期，須由我方決定，臨時乃可宣布。又彼方止可一人來，我方若干人，任我自由

帶隨。否則不会。伯玉商於彼。彼皆許之。至時則会商於杭州西湖中心之湖楼亭。予与陳有功胡馨香山及他三少年俱往坐定。畧研應數語。尼宮於帳中出一紙。又用法文。翻以國語。曰此沙露全權所親授之意旨也。予令一少年誦之。了大錯愕。

今錄其條件如下。

予之一方面須承認下之二條。一宜布一文於國內。取消其革命之意思皆與其行為。二須還國。若不還國亦可。但須指定一處外居住之地点。以據近於法租界者為最宜。

東洋政府之一方面，則特以如下之二條。
一若還國時，特以南朝中一重要之位置，與特別優厚之俸金。
二若不還國，則厚給以長住在外之旅費及其所需求者。
予既決定一種宗旨，則繕一答覆書。書用國語文，詳剖提
攜之原意，拒絕其不正當之條件。由李仲柏君精寫，付與潘
伯玉攜還河內，致與全權沙露，予直接與法人交涉之文字，此
為第一次。此書另詳紀錄也。顧我同胞讀之，則知予所謂提攜
與彼所謂提攜，迥然冰炭矣。

1919

己未年七月。予離杭上北京。又渡日本。自此以後。凡四年間。每困坐無聊。則復為一度無謂之奔走。庚申年十一月。聞紅俄社会共産党。爲聚集於北京。而赤化之大本營即在北京大學。予遂好奇心動。欲研究共産党之真理。乃取日本人布施辰治所著之俄羅斯真相調查記一書。反覆尋味。譯成漢文。書共上下二冊。於勞農政府之主義與其制度。此書極詳。予乃携之走北京。欲以書此自介紹於俄萃之社会党也。既至北京。則得面晤蔡元培(北京大學校長)。蔡大歡迎。介紹予於西俄人一為勞農俄

羅斯遊華團團長某君（俄文名弟不能記）一為駐華大使加拉罕屬員之譯文參贊拉君。此實為弟與俄人直接結交之第一幕。弟嘗問拉君曰。我國人欲遊學貴國。先生能爲指示前途否。拉曰。我勞農政府對於赴俄遊學之世界同胞。大爲歡迎。如越南諸君能遊學。尤爲便利。由北京至海參威水陸俱可達。由參海威至赤塔。有鐵路可入西比利亞。以至莫斯科。計程僅十餘日耳。學生赴俄。必先至北京。由我國駐京大使給以价紹證書。得大使書。則自赤塔至俄京。火車及食用各費。俱

由勞農政府供給。計自越南至俄境。需費二百元以內。當甚易也。但進學生於其入學之前。必先承認如下之條件（一）願信仰共產之主義。二學成還國。必負任宣傳勞農政府主義之責。三學成後。還其本國。須力行社會革命之事業。在學時與還國之費用。一切由勞農政府擔任之。以上皆與當時拉君與予會話之詞。至今日現情如何。則予不能知也。其所令予不能忘者。俄人語予時。現出一種和藹誠實之氣象。詞色皆在美淡美濃之間。予記一語云。我輩得見越南人。乃自君始。君能

寄一書。用英文詳述法人在越南之實相。即以贈我。我當感謝不忘云。惜予不能為英文書。無以應也。

為此行之目的。而予殊得一可笑之事。予前記之。初予在橫濱出發。至大連。乘一裝貨船。船中但客九人。予為一人。其一人自稱為日本工人。彼全身穿著皆工人式。在船中。與予談笑甚相得。至長崎。船將著岸。忽失此人所在。及至大連。而予八人俱被日警署逮捕送監。予入獄四日。署長釋予。延予入座。叩明此次之誤捕。蓋因朝鮮革命黨人林某行刺一日人於東京。此日人為

朝鮮共進会会長。李(林)某刺斃之。遂逃脫。日警捕之急。李(林)潛乘予所乘之貨船。謀走大連。然不可脫。及長崎而逮。越南革命党人。竟得為朝鮮革命党中之嫌。乃知世事之互為因果亦甚奇矣。

1920 庚申辛酉 1921 數年間。予時往返於北京杭州廣東。而時猶遍東三省。順路由安东入朝鮮。渡日本。探訪外康數次。不過為遊歷考察之行。實無預於革命之工作。但無作一事則未嘗輟。因旅資無着。則必以賣文筆為生涯。著報与雜誌所登。於東(北)京之东

亞新聞。杭州之軍事雜誌。實予筆墨為多。然其目的在求食不在文也。惟有數種之著。一予之福音。此書十二大章。純為開導警覺國人之文。一越南義烈史。純為紀念諸先我殉國之同胞。凡所耳聞目見之事實。及所得於同志追述者。錄入是編。其尚未蓋棺之人。俱不登焉。蓋有待也。一為亞洲之福音。此書一中册。專發揮聯絡亞洲之政策。而主意則在於中日之同心。大略與聯亞芻言同。此書出現於中日感情正壞之後。故效力不能發生。此種著作。實間接與革命事有關係耳。

1922

壬戌年正月十五日。中華杭州省城西湖畔。發生一駭人聽聞之暗殺案。予于其年二月。回杭州。此處成為予之黃文居室。初予之離滇回杭也。方訝杭州為中華之第一勝區。林逋故宅。岳家舊墳。徐烈士錫麟之碑亭。秋鑑湖女俠之廟墓。皆在是間。於焉逍遙。時與九泉人晤談。福亦不虚。且革命前友惟杭為多。章炳麟陳其美皆杭產也。枚山公亦栖托於是。但滕有人。尤為方便所根地鄰上海。倀路錯雜。而潘伯玉尤為此間巨憝。予亦戒心。故不敢定住。至壬戌年正月十五日。是夕為元宵。杭人有觀燈之俗。

西湖湖濱。萬燈如晝。紅男綠女人浪喧叢。極一場之熱鬧。忽於爆竹千聲中。突聞三聲爲之六響。短槍所發。共九人。衆初猶驚怪。繼則仍狂呼。云有人仆於地。滿身血淋。警兵麕集。搜其懷中。有紙幣二千一百五十元。袖有一等金鏢。約值六十元。其人則已殞命矣。此人爲誰。（越第云）潘伯玉也。殺之者誰。快少年蔡金英也。時予方寓北京。予之友林亮生先生任杭州軍事雜誌總理。以書招予來杭。先是我國人留學北京。畢業於士官學校頗多。以外交關係於軍界中難於位置。杭省督軍朱瑞承認段祺瑞之旨。段師

孫總理兼陸軍部總長設一軍事雜誌。為收容我人之機關。予得林
書離北京回杭。任軍事雜誌編輯員。雜誌中時評社論小
說等欄皆予編撰。予是時又成為小說家矣。一枝禿管。為他
人作嫁衣裳。並非其本心。然月得俸金七十元。時為供給二三少年
讀書之費。與諸兄弟往來之行贐。而感情聯絡。尚於雜誌上得
發揮其世界革命之精神。痛罵帝國強權之文章。可以發
揮情懷。則為壯士窮途中之趣事。予業是者凡三年又四月。
其間所撰送入內之著作。計有數種。

1924

予九年來所持之主義。醫魂丹。大平帝乎。此三種皆小本專備行人携帶之便。天乎帝乎一冊。極力攻擊法人之罪惡。内容分為三大篇。一陰滅人國之宗教家。二陰滅人種之法律政治。三陰滅人種之教育。又有長篇文三種。一為敬告我國内青年学生文。二為敬告僑暹我同胞文。原文皆漢文譯成國語。至於敬告鄰邦暹羅諸府文。而予在外時所運用三寸筆鋒古劍。乃終止矣。

甲子年五月十九日。予在杭州。方坐孤輯室。屢讀報紙。見上海

1924

各報所登之廣東來電。有驚天動地之暗殺案。與越南革命黨之炸彈聲。皆大字登者。予初讀完。手足俱震。是時中華各報。及外人所發行之英美各報。皆一連四五日。接續登者其事。加以批評。世界人之知有越南人。知有越南革命黨。此事實為最有力之宣傳。住京之俄國大使加拉罕。聞此信。拍案曰。資本家之收場。必有豪暴。則知此事之影響於吾黨名甚大矣。予雖不預其事。然不敢不記其事之始末。

甲子年二月日。東洋全權馬蘭氏。將為日京之行。途經香港

廣东至横濱东京。我党人在外。已畧有所闻。駐粵党人
皆摩拳擦掌。欲有所試。然快談則易。實行甚難。凡事
皆然。況对於一帝國之頭等政治家。而加以大抨擊之一声。事
豈容易。且馬蘭此行。專為日本政府締結一種密約。於
东洋時局。關系甚大。以故法政府。对於馬蘭本身之防衛。
尤係為要密。於馬蘭未出發之時。东洋偵探局長尼容。
已密布偵探於香港廣东上海之間。如陳法貴阮尚言及
其他某々公等。凡我党人所在。彼必跟踪躡跡。步々緊隨。然

彼雖極力提防。而我亦殫精應付。張子房之椎。安重根之槍。國所欲焉。彼盡防之而莫能防也。甲子年五月上旬。馬蘭之由日本回香港。將往廣東與粵政府干涉我黨事。但行踪甚秘。所乘船為法兵船。其所預定之行情。外人俱無從探測。惟[illegible]政治家之末日臨矣。而我輩精誠所感觸。天或相之。護隨馬蘭之法倀。反以彼行情。密告於我黨。我黨大烈士范鴻泰先生。棄家出洋之初。即已潛蓄壯志。自矢為越南之安重根。及二月抵廣東。得聞馬蘭此行。躍治劍光。早已破匣欲出。惟百

以衍北政治家當頭一棒之活劇

該材料。頗需經營。而偵探陣法[illegible][革]又日夜偵伺於其營。先生與其密友黎傘英。擬圖行刺之謀。聞之益喜。一方面務擁偵目。又一方面陰伺時机。幸此時有化學家俄人。方在黃浦軍官學校充教員。我嘗入密室向彼求新式炸彈之製造法。彼肯相助。製成電机炸彈二顆。彈形僅如小柑子。納於小皮箱中。箱僅如掌大。樣式與洋人所携帶之手[illegible]包無異。又向中華軍官購得六響手短槍二枝。皆為最新款之行刺器。烈士得此二物。躍躍距三百可悉。馬蘭行情。五月十八日早七点。乘兵船抵

廣东珠江天字碼頭。午十二点赴沙面域多維亞飯店應各國外交官之讌席。下午六点。又於沙面法租界法人酒店應駐粤法欽事及法僑民之讌席。烈士既逢此一碰即逝之机会。快鋒欲試。如箭在弦。指定於上述各處。為吾目的地。天予之巧。彈重發而声遠轟。既無傷於華人之感情。而又大吐我黄人之鬱懐。（雖不中馬蘭。而帝國主義之迷夢得此一醒）亦我國江山之灵所默為指導者也。十七日之夜。已豫雇定一小舟。先泊近碼頭。烈士屏踞其中。以候馬蘭上岸時。即行發爆。不意法國兵船恆入口之門。廣东水上警察署長急勒令天

字碼頭附近大小船隻。一齊離開。不得在防線內停泊。馬蘭船抵岸。即有廣東政府所派之汽車。接之登陸。頃刻遂赴烈士所指之第一目的地。已失望矣。機会尚存。雄心益奮。赴域多羅亞飯店。豫雇定樓上客房。指鈐伏其間。候馬蘭赴讌時。即行爆發。詎是日英法租界皆異常戒嚴。以無外國人護照文。却不許雇。而烈士所指之第二目的地。又失望矣。於是時烈士手中之炸彈箱。袖中之八響鎗。与胸中之電光俱閃爍作芒。其動機乃不可復遏。遂出於孤注之一擲矣。下午六點。

法領事及法僑者。男善女。俱絡繹赴酒店。頗備開跳舞大讌席。以為本法全權大臣洗塵。且祝賀馬蘭此行之成功。及六點四十分鐘。而馬蘭氏赴讌之汽車未來。頃則橋门外有一壯年男子跟之至。其人面色微黑。上唇短髭。裝洋衣、穿洋履、操洋杖、及橋门即逕直入。门旁兩警兵為洋人。皆以為赴讌之法人也者。蓋全身裝束及其行動。皆法人式。洋警兵不之查。又頃則烈士成仁之時機至矣。鐘鳴七点。叮叮聲乍停。桌上刀叉声初動。而烈士指端之電机一觸。食桌上一聲轟然。屋宇皆震。

食桌兩旁之法人。彈之倒地。即時炸死者四人。一為法國領事与其妻。一為法國家銀行行長与其妻。又二人被重傷。一為法國医院院長。一為隨員。是明晨而斃。炸彈發後。英法警兵与兵艦上之水兵。俱紛紛追拿行刺人。時烈士不欲死於法人之手也。惟奔出橋門。時警兵已迫。則返向店面之江濤而走。警兵追之急。則出袖裡中短槍指警兵。放彈二丸。遂自投於珠江。此事之爆發也。其志在斃馬蘭。而馬蘭竟逸。烈士於九泉下。猶為之搖臂長號。雖不得不謂之為成功。蓋吾黨之意。甚戀

劇惡政治家(而不吝今人)得一懲毒。則吾目的已達矣。時壬(甲)子年五月十八日也。十七(九)日撈起其屍。埋(瘞)於某義地。節於此事尚有數種文。一為越南國光黨對於沙面炸彈案之宣言書。一為范烈士鴻泰傳。一為追悼范烈士祭文。華洋各報皆於(贊)范烈士此事。以為膽畧兼優。當彈不發於粵官迎接之時。不發(於)外國人遊会之時。而發於東法全權与法人遊会之一刻。所炸之地。為法租地也。所炸之人。但為法人。則善乎越南革命家之舉動而精細也。其後駐北京法國公使。及东洋政府。皆累函粵政府要求驅逐

越南人及責令賠償損害。且謝其收容凶手之罪。粵政府皆嚴詞拒之。時孫中山開大元帥府於廣東。而胡漢民為省長。孫之言曰。予未聞有越南人脫佚有之亦皆好人。無一凶手。胡之言曰。東洋總督此行。所經粵地。皆安如泰山。及一入租界。乃發生此危險事。是法警兵不力之罪。已無可辭。以後法政府苟欲防危險事件之發生。可於臨時請我國警兵入租界。為貴國人保護。則善矣。

1924 烈士殉國後之二月。為甲子年七月。時中法交涉事清。予

回廣東為豎烈士墓岩石碑。聊示紀念。以俟他時改塟。其年十二月。中國國民党廖仲愷汪精衛等。捐款紀念范先生。以表示中國對於我革命党之感情。乃請出公帑二千元。謀於我党人。從烈士墓改塟於黃花岡岩之示山。黃花岡共七十二烈士墳處也。對面為烈士墓。建築壯偉。豎以豐碑。碑有亭。碑心字如掌大。題曰越南志士范鴻泰先生之墓。題字人為鄒魯。

予於七月回廣東。停住至九月。國有一種之工作。先是越南

光復会。自予入粵獄後。經四年間。党人名已大零八落。光復会
日漸於亡。至是年春間。國內諸青年陸續至廣东。而沙面炸
彈案發。價值忽增。党事漸有中興之希望。会蔣中正時方
為黃浦軍官學校長。李濟琛為校監督。予偕阮海臣等
謁見此二公。參觀校場。謀送我學生入學事。蔣李皆大贊
成。而校中俄教員三人。又與予晤談。同攝一影。予覺現時
代風潮。已漸趨於世界革命之傾向。急與諸同志商確。將光
復会取消。而改組為越南國民党。爰擬越南國民党章

程。越南國民党党綱。付印宣布。其內容分為五大部。一評議部。一經濟部。一執行部。一監督部。一司法部。其組織規模大抵取中國國民党之章程而斟酌增損之。亦隨改革之一種手段也。迺予於其年九月離粵回杭。此章程党綱宣布後未及三月。而阮愛國先生自俄都莫斯科回至廣東。屬謀於予。依其改訂。予拟以乙丑年五月。一回廣東。会駐粵同志商決此問題。不幸予竟被捕回國。今日之越南國民党章程及其党綱。或已修改如何。予不得而知也。

予於乙丑年五月。謀回粤一行。有二原故。其一為改組國民黨之問題。已如前述。又其一為追悼范鴻泰先生之第一週紀念大會。恆於是年五月十八日在粤舉行。蓋是日為先生殉國之日也。而先予在杭州。因滙兑法國民黨寄柏林給陳仲克先生在法之學費。每年必潛往上海二次。以六月十二日為例。此次為追悼祭范先生予早先一月之行。乃於五月十一日馳往上海。持滙兑事完。即搭船往廣東。由上海至廣東。船行五日程故也。予由杭出發時。攜帶舊民四百元。實為滙給陳君之款。予入河內獄時尚有此

數艮。陳君之楞腹讀書。予實負君矣）至於愧予行動之時刻一密擱於法人。乃駕知予同住學予借善之阮尚玄則予不得出之。玄初來杭。與陳德貴俱。予頗與之照閱其為阮尚賢先生之係孫。通漢文。曾中舉人。法文國語文俱可用。予因愛其才。留為書記。其為法偵。予實不圖料至此也。五月十一日午十二點。杭州火車至北站。予急於滙艮坂寄行李於貨倉。而手携一小皮箱。出北站口。則見有汽車一輛。車頗美麗。環車而立者有四洋人。予不知其為法人也。蓋上海洋人雜處。貴客如雲。

攤

以汽車接賓。亦大旅館之通例。予乍見此汽車。當為驚異
掠人之奸具乎。予及站口外。纔數步。則一洋人諳予嘗用中國
語。語予曰。這個車很好。請先生上車。予方婉卻之曰。我不要。
忽一人自車後出。力攤予上車。車机一動。予已入法租界
矣。車馳至海濱。則法國兵船既在此。予遂為兵艦中之囚
犯矣。予於兵艦中得一長篇古風。寄與林亮生心友。摘錄如
下。奔馳二十年。結果僅一死。哀哉亡國人。性命等螻蟻。嗟予
遭陽九。國亡正雛稚。生與奴隸群。俯仰自慚愧。所恨羽

毛薦。一拳容易試。殲秦計未就。尚蓄椎秦志。呼號十餘年。
同胞竟奮起。以此蘇國魂。大觸強權忌。網羅彌山河。荊棘
遍天地。一枝何處借。大耶韋客途。側身覆杏間。踽踽胡乃爾。
今朝逢滬濱。適遭壯語至。飇馳一汽車。環以凶徒四。提人
擁擁上岸。驅向法領署。投身鐵檻中。鷄豚雜其傍。使予有國
者。何至辱如是。予死何足惜。所慮在後者。堂堂大中華。
一羽不能庇。兔死狐寧悲。雖罄罍之恥。

附錄

寄潘西湖先生書

希馬兄翁鑒

東瞻而扶桑之影不可矚。南望而雁嶺之隗不可指。蒼空一片。俯仰四海。正當鬱鬱抑抑咽咽呃呃欲死不死欲活不活之時。適聞昆弟從扶桑來。備道宗賢兄及諸伯叔之議論意氣。慕滌胸腦之障。大破秋洋之波。此時精神。踴躍天外。只躩之屋須為萬丈虹。噫誰使予不翼而飛。無角而觸。一至此耶。此希瑪兄腦中之

電机所催促而推盪我也。自惟數十年前。沉沒於濁洋收錄之波。饜飫於腐敗君臣之說。豈知孟德斯鳩盧梭為何物。今聞大兄方以忠主之說風雷我國人。大哉言乎。仰哉心乎。我國數千年不一見之一怪物。今乃逢之學者而出之。名快人快語之極者矣。雖然。我國者今日。正當幼穉者。其從胚胎乎。蓋未堅而飼之以骨。是未踵而策之以鞭。其不呑而鯁走而僵者無是理也。我國者之程度。不及歐洲名遠矣。致聾殘疾之病夫。又重以飢困謀

 『潘佩珠年表』(漢南硏究所 소장본)

食謀衣。日不暇給。呼號而醒之。佚之起起。惟有此獻芹思昔之一日。而重以攀龍附鳳（乘時立名）之帝業。睠此風動。翕此雷馳。舉國一心。其從有族。今乃驕唱無類無統之說。廣指以可西可南之途。此聲一呼。能同此議。而世之才能出事。豈可合群哉。反因意氣之殊。轉生分晉之見。外仇未滅。內黨先搆。孝之不存。主于何有。大兄此時雖有一腔熱血。更向何地洒耶。今大兄謂弟此言。必怒大罵曰。弱虫弱虫。奴性未脫。雖然。以弟豈將為一家奴哉。但今日不存此一家而奴之。

振舉全國而付於他人耳。大概理論之與實行。須有計畫。方今之

日。貴乎實行。苟可以行我救國之方針。不妨姑閉其警時之

高論。俟十年後大兄存伸前説則其立足穩而撫掌喝采

者。必弟也。大兄視弟豈家奴走狗之眉目否耶。存弟兩遊

貴省。所與語者。皆為俊流。但語其臨機應變之能。剖判緩急

之智。弟敢詡其無些小羅之右。雖旋旋之顏色。悻悻之氣象。

不肯以勝算讓人。在滯老本來之缺點。然趙翁之下許鄭信

之拜李左車。同胞不當為國忘己。……

越南民主共和十七年1962十一月日中央科学書院价紹漢喃書目

陳玉瑩　抄依原本

檢閱　陳玉瑩

歲丹尚德二十九年甲戌文靜訪紳豪起義以平西
諸府縣。渠帥為(清)漳秀才陳縉、演洲秀才杜梅、河
黎壁。予聞其事。亦聚塾中諸小兒。竹筒為砲。
碑。作平西戲。被鞭責極嚴。然不之誨。蓋喜動好文
性然也。年方(甫)十三歲。已能作近古詩文。多為(鄉村)老塾師所許
欲令予就業於諸大先生之門。然鄰社村無大塾館。以
能遠遊。仍隨父塾。兼請業於(春柳阮)先生之門。先生諱喬。

我國阮朝嗣德二十年丁卯十一月。余父潘文譜生
嫻女士。生予於雄山盧外閭之東烈社沙南村。村為母
係世業讀書。素清寒。既且予大父沒。家益衰落。幸吾
依通仗硯田筆耕。僅足自給。父年三十。予母歸。父年三十
于。予生之辰年。為我國南圻亡後之五年。呱呱一啼
已若警告曰。汝且將為亡國人矣。註 雄山俗稱遁
元甯五。父文遁至此山而崩。山有帝墓。後次有人於

年三歲。予父携予歸祖村。屋於墓山之南。即今予所
之家。春榔村總母棨村也。予父嘗遠客業塾館師。予
生至六歲。撫育教誨。皆予母獨任之。母性極仁慈好施。嘗
貧。然親朋鄰里。遇有急難。力所能施者。一文一粒亦必
與之。撫予幼辰。半句語亦無苟率。予侍予母十六年。絕
一駡詈人之声。有以橫逆來。付之一笑而已。母幼陪諸兄
書。能熟記至死不忘。予之（四五歲）歲辰。不能識字。乃能誦

事料人。惟注意於其大者。乃至微行細故。多任其亦

之。往往因小故而誤大謀。甚爲此略不小心之罪也。

上最三者。其最大病痛處也。餘姑心誅。不能盡述。

行險敢爲。常存雖千萬人吾往矣之概。而於壯年辰尤甚

人交接。苟得佳言一善。亦終身不能忘。而於忠告言

之辭。尤所樂受。

三行當某事其時期最勝於最後之五